前世で辛い思いをしたので、神様が謝罪に来ました

God came to apologize because I had a hard time in the past life

2

初昔茶ノ介

Chanosuke Hatsumukashi

アニエ
魔法学園の生徒。
学年一の魔法の実力者で、
勝気なしっかり者。
わけあってブルーム
公爵家の養子に
なった。
ミシャ
気配り上手で優しい
サキのクラスメイト。
サキ
不幸ばかりの前世を神様に
謝罪され、幼女として
異世界転生した。
桁外れな才能を持つものの、
コミュ障で人見知り。
クマミ
サキが召還した
緑色の熊の従魔。
ネル
女神ナーティ様がくれた
サキのお付きの猫。
様々な魔法でサキを
サポートする。
ちなみに女の子。

オージェ
サキと同じ
クラスの男の子。
友達思いで何事にも
一生懸命。
フラン
アルベルト公爵家の子供。
爽やかで優しいが、
実はちょっと腹黒い
ところも…？
ミシュリーヌ
サキと敵対している
謎の美女。
アネット
フランの二つ下の妹。
サキが大好き。
背伸びしたがりで
おしゃまな性格。
Characters
登場人物紹介

神様の手違いで辛いことばかりの人生を送り、突然の死を迎えた私、雨宮咲《あめみやさき》。そんな不幸すぎる私に同情したナーティ様という別の神様の提案で、私は魔法の世界シャルズで五歳の美少女サキとして第二の人生を送ることになった。

ナーティ様に与えられたお付きの猫のネルと、森の中で友達になった熊、クマノさんとクマタロウくんと協力し、魔法を鍛《きた》える日々。

まあ、ナーティ様には全属性の魔法をかなり高いランクまで使えるようにしてもらったんだけど……。

それから三年が経《た》ち、彼らと楽しく生活し前世で失っていた自信を取り戻しつつあった頃、森に叫び声が響いた。

駆《か》けつけてみると、そこではグリーリア王国の公爵《こうしゃく》家子息、フレル・アルベルト・イヴェール様一行が魔物に襲《おそ》われていた。

私は鍛えた魔法で魔物を倒し、フレル様にその才能を認められる。

さらに一緒に街へ行かないかとお誘いを受けるが、私はクマノさんとクマタロウくんを置いていくわけにはいかず断ろうと思っていた。

そんな時、クマノさんがある人に薬を打たれて、魔物化を起こし、クマタロウくんを殺《あや》めてしまう。クマノさんがこれ以上犠牲者を出さないために、私は彼を倒した……。

クマノさん、クマタロウくんとの別れを経《へ》て、フレル様と共に王都エルトで新たな生活を始めることにした私。

どうやらフレル様は、私をアルベルト家の養子にしようと考えているらしい。

最初は私なんかが公爵家になんて、と思っていたけど、妻のキャロル様、息子のフラン、娘のアネットと交流するうちに、私もアルベルト家の一員として認められたように思う。まあ、まだ正式に養子にはなっていないんだけどね。

その後、パパとママ――フレル様とキャロル様にそう呼ぶように言われてしまった――の提案で、私はフランやアネットと一緒に王都エルトの魔法学園の初等科に三年生として通うことに。

学園では、クラス対抗戦というクラスごとに魔法で戦うイベントなどを通して、学年一の魔法の実力を持つ女の子アニエちゃん、三つ編みが可愛い女の子のミシャちゃん、元気だけどおっちょこちょいな男の子オージェと仲良くなった。

この世界に来てから色々なことがあったけど、私は今日も幸せに生きています！

1　ミシャちゃんのおうち

「隙《すき》ありっすー！」

「甘い、よ？　ネル流武術スキル・【空《そら》ノ《の》型《かた》・天燈翔打《てんとうしょうだ》】」

ネル流とは、ネルの持つ膨大な知識を活かし、数ある武術の型の中から私に合うものだけを組み合わせて作り上げた戦い方だ。

「うぇ⁉」

私は向かってくるオージェの腕をつかみ、その勢いを使って真上に投げ飛ばした。そして、落ちてきたタイミングに合わせてオージェのお腹に掌打《しょうだ》を打ち込む。

「ぐへぇ……」

オージェがうめき声を上げ吹っ飛んでいった。

「サキちゃんの勝ちですね」

ミシャちゃんがにっこり笑って言うと、入り口の方から声が聞こえてくる。

「あんたも懲《こ》りないわね。サキにあんな単純な動きで勝てるわけないじゃない。馬鹿なの？」

「あ、アニエちゃん、フラン、お仕事お疲れ様」

私は、訓練場の入り口から歩いてきたアニエちゃんとフランに挨拶した。

アニエちゃんはクラス長のお仕事をしてきたらしい。ちなみにフランはアニエちゃんの指名により副クラス長になったため、アニエちゃんのお手伝いをさせられている。

ここにいるみんなは、先日行われたクラス対抗戦で同じチームだったので、放課後によく一緒に特訓をしていた。

その特訓が今でも続いているのだ。

「うん、ありがとう、サキ。それにしても、さっきの技もすごかったわねぇ」

アニエちゃんは私の頭を撫《な》でながら褒《ほ》めてくれる。

「えへへ……」

魔法学園に通うようになったこの五ヶ月で、私のコミュ障もなくなってきた。

まあ、この四人と家族が相手の時だけではあるけど……。

「なんで……なんで勝てないっすか！　何回負ければ俺はサキに追いつけるんすか！」

オージェが悔しそうに叫ぶ。

「えっと……確かこれでゼロ勝二百九十九敗ですね」

ミシャちゃんがそう口にして首を傾げると、フランが感心したように言う。

「へぇ、後一敗で三百敗じゃないか」

「ちゃんと数えなくていいんすよ！　だいたい、みんなだってサキに勝ててないじゃないっすか！」

オージェが反論すると、アニエちゃんがぴしゃりと言う。

「そりゃあまあ、そうだけど。でもみんな、あんたみたいにいつも瞬殺《しゅんさつ》はされないわよ」

確かに私は、周りの子たちに比べれば頭一つ抜けた実力を持っている。

十一種ある魔法属性のうち、貴族でも五、六種類しか持っていないのが普通だが、私は全属性の魔法を使うことができる。

さらに、魔法の強さの基準で第一《シグル》から第十《デキャル》まであるナンバーズも第九《ノナル》まで使えるし、魔法を強化する技術であるワーズも飛距離を伸ばす【ア】、速度を速くする【ベ】、効果時間を伸ばす【セ】、操作性を高める【デ】の全てを扱える。

……うん、周りの子供どころか大人と比べてもおかしいね。

ちなみに魔法は、ナンバーズ、ワーズ、魔法名の順番で詠唱するが、ある程度の実力があれば省略して唱えることもできる。

また、魔法にはエンチャントというものがある。

この世界では基本的に、一つの魔法につき一属性が原則だ。だが、このエンチャントを使えば、様々な属性を組み合わせた魔法を発動できる。

ナンバーズとワーズとエンチャントという三つの要素から成り立っているのが、この世界の魔法。

これ以外にも繰り返し発動して経験を積むことで魔法をスキル化して発動方法を簡略化したり、オリジナルの魔法を使っている人もいたりする。

「いつも瞬殺なんてしてないもん」

「そうよねぇ、サキは優しいものね」

「えへへ……」

また頭を撫でてくれるアニエちゃん。

すると、オージェが急に大声を出す。

「くっそぉー！」

「うるっさいわよ！」

「ぐぇ!?」

叫ぶオージェの脇腹《わきばら》にアニエちゃんの右足がヒットした。

蹴《け》りが当たったオージェはそのまま床に転がり、ぼそりと呟く。

「脇腹はダメっす……」

「あらあら……あ、そうだ。皆さん、この後予定はありますか？」

そんな光景を微笑《ほほえ》ましそうに見守っていたミシャちゃんが、唐突に話題を変えて皆に尋《たず》ねた。

「サキと特訓した後なら特にないわ」

「僕もないよ」

「俺もっす」

「私もない……」

アニエちゃん、フラン、オージェ、私の順に返答する。それを聞いて、にっこりと笑うミシャちゃん。

「それじゃあ、ちょっと私に付き合ってください」

「付き合うって……どこかに行くの？」

「はい、ちょっと行きたいお店がありまして」

私が問うと、ミシャちゃんは楽しそうに答える。

「お店かあ……じゃあ学外に出るんだね。アネットと御者《ぎょしゃ》に伝えてくるよ」

フランは少し考えるそぶりを見せた後、そう言って訓練場を出ていった。

アネットは最近、同じクラスの友達と一緒にお勉強や魔法の特訓をしているんだとか。

ママの話では、フランの真似をしたいらしい。お兄ちゃんの真似をしたがるなんて、可愛い妹だ。

そんなことを思いつつ、とりあえず私は時間までアニエちゃんと特訓を続けた。

ややあってフランが帰ってきたところで、ちょうど特訓の模擬戦が終わった。それから準備を整えると、私たちは学園を出て街の商業区へ向かった。

商業区は相変わらず出店や屋台なんかで賑《にぎ》わっている。

「ミシャちゃん、今から行くお店ってどんなところ？」

「ふふふ……可愛い服がたくさんある場所ですよ」

「へぇ……」

どんな服があるのか楽しみだな……そう思っていると――

「女子は服見るの好きっすよね〜。俺は全然わかんねぇっす」

突然オージェが首を横に振って言う。そこにアニエちゃんの鋭《するど》い突っ込みが入る。

「そんなだから女の子にモテないのよ、あんたは」

「はぁ!?　そんなことでモテなくなるっすか!?」

オージェは驚いているが、ミシャちゃんもアニエちゃんの言葉に頷《うなず》いている。

「そうですね……男性には一緒に服を見たり、選んだりしてほしいものです」

「いやいや、男子がそんな……」

オージェが反論しようとすると、今度はフランが追い打ちをかける。

「僕は好きだよ？　服を見るのも選ぶのもね」

「えぇ!?」

「ほら見なさい。だからフランはモテるのよ。まあ、私にはこいつの何がいいのかわからないけどね」

「それはひどいなぁ。ちょっとへこんじゃうよ」

アニエちゃんの辛辣《しんらつ》な言葉に、表情を暗くするフラン。

でも――

「へこんでいるようには見えないよ？」

私がフランに言うと、彼はぱっと笑顔になった。

「あれ？　バレちゃった？」

「そういうところよ！」

アニエちゃんがすかさず突っ込む。

フランはちょっと腹黒いところがあるからなあ……。

私たちがそんな他愛《たあい》もない話をしながら歩いていると、急にミシャちゃんが立ち止まった。

「あ、皆さん。ここです！」

ミシャちゃんが指差したお店の看板には、フュネス服飾店と書かれていた。

ミシャちゃんの本名はミシャ・フュネス。ここは彼女の実家なのだった。

「さぁさぁサキちゃん！　水着と服を選びましょう！　なんなら私が選びますよ!?」

お店に入ってからのミシャちゃんは、なぜかテンションが爆上げだった。

ミシャちゃんの家であるここには、前々から私に着せたい服がたくさんあったらしい。なんならって言っているけど、最初から選ぶ気満々だ。

「初めは水着からですよ！」

最初に、ミシャちゃんが持ってきたものを試着させられることになった。

首の後ろで紐を縛る紺色のホルターネックビキニ。でも、これは胸のある人にしか似合わないのでは……？

いや、私の胸が小さいわけじゃなくて、今は成長途中なだけ。そう、成長中なだけ……。

「うーん……可愛いですけど、これじゃない感がありますね」

顎《あご》に手を当てて呟《つぶや》くミシャちゃん。

「こっちの方がいいんじゃない？」

次はアニエちゃんが持ってきたものを試着する。

花柄で上がフレア状になっていて、下がスカートのような形だ。これは脚の長いすらっとした人が身につけるものじゃないかな？　いや、もちろん身長だってまだまだ伸びる予定なんだけど！

「下が少し違うわね。上は可愛いけど……」

「じゃあ、これなんてどうかな？」

アニエちゃんの次はフランだ。って、なんでフランは女子に紛《まぎ》れて持ってきてるの!?

「フラン、あんたいいセンスしてるわね」

「確かに……これはサキちゃんに似合いそうです。むむ……ちょっと悔しいですね」

えぇ!?　アニエちゃんとミシャちゃんは、男子が女性水着を持ってくることに対してノーコメントなの!?　いや、まあ、いいんだけど……うん……。

フランが持ってきたのは白地に青い花柄の、ぱっと見はパジャマのような水着だ。

ビキニの上にシャツと短パンを着ているようなイメージの見た目。

私はフランに渡されたその水着を試着する。

「サキ、可愛いわ！」

「可愛いです！」

アニエちゃんとミシャちゃんが手を叩いて褒めてくれた。フランも満足げだ。

「うん、似合ってるよ。ね？　オージェ」

「お、おう……似合ってんじゃねっすか？」

フランに話を振られ、私の水着姿を見たオージェが照れてる。まあ、小学校低学年くらいの男の子なら、そんなものだよね。

逆にフランが七歳にして女性に慣れすぎているのだ。将来何人の女の子を虜《とりこ》にしてしまうのか、恐ろしいよ……。

私は皆に褒められたこの水着を買うことにした。

「じゃあ、これにする……」

「むー……フランくんが選んだものというのがなんだか釈然《しゃくぜん》としませんが……まあ、いいです。それじゃあ、次はサキちゃんのお洋服を見ましょう！」

ミシャちゃんが元気に言う。

え？　まだ私の服を選ぶの？　いや、確かに服のことはよくわからないから、選んでもらえるのは嬉《うれ》しいんだけど……。

みんなは見なくてもいいのかな？

「フランくん、次は負けませんよ！」

「ふふふ……受けて立つよ」

「わ、私だって負けないわ」

なんかミシャちゃん、フラン、アニエちゃんで勝負みたいになってるし。

それから私は、服を着せられ続けた。

ちなみにオージェは、荷物持ちとしていっぱい服を持たされている。大変そう……。

最終的に私は、水着一着と服を三着購入することになった。

三人のうち誰か一人に偏ると、喧嘩《けんか》になりそうな気がしたから、水着以外はみんなが選んだものを一着ずつ買うことにしたのだ。

お返しに、私がみんなを着せ替え人形にしてあげようと思ったんだけど、気付けばアニエちゃんたちは普通に水着を買っていた。ちょっとずるい。

お店を出た時、私とオージェは二人で大きくため息をついた。

「サキ……苦労するっすね……」

「オージェもね……」

買い物をした日から一週間後――授業の終わりに先生から紙を渡された。

「えーそれでは皆さん、いよいよ来週は課外授業ですね。今お配りした紙を保護者に渡して、皆さんも一緒に準備をしてください。では、今日のホームルームはおしまいです。皆さん、さようなら」

課外授業のための宿泊許可の書類のようだ。

先生に挨拶をして教室を出た私は、いつものように特訓をするため訓練場に来た。

「来週はもう課外授業かあ……サキ、ちゃんと準備できてる？」

アニエちゃんが心配そうに尋ねてきた。

「今日帰ってからする……」

「ちゃんと足りないものは買い足さなきゃダメですよ？」

ミシャちゃんも心配して言ってきたので、私は頷いて応える。

「うん、大丈夫」

この学園の課外授業とは、宿泊学習みたいなものらしい。一泊二日で水の街、アクアブルムに行くのだ。

アクアブルムは観光地として有名で、水資源が豊富な場所とのこと。

それに加えて魚が美味《おい》しかったり、温かい水が噴《ふ》き出るところがあったり……私はアニエちゃんからその話を聞いた時から、もしかしてアクアブルムには温泉があるのでは、と期待していた。

「サキ、足りないものはクレールさんに言えば揃《そろ》えてくれるから」

フランがにこやかに声をかけてくれる。

クレールさんは、アルベルト公爵家のメイドさんで、茶髪のショートヘアが特徴の女性だ。

「わかった……」

「えーそんなのダメよ。サキ、足りないものがあったら一緒に買いに行きましょう？」

なぜか不満げなアニエちゃん。どうやら私と買い物をしたいらしい。

そうそう、クラス対抗戦が終わった後から、アニエちゃんはアルベルト家に居候《いそうろう》しているのだ。

もともと彼女は貴族区を治める公爵家、ブルーム家の養子だった。しかし、前回のクラス対抗戦で、ブルーム家の長男アンドレ・ブルーム・ベルニエが使用した魔物化の薬が問題となり、ベルニエ家は伯爵位まで降格。ただ同じブルーム家とはいえ、養子だったアニエちゃんは責任を問われず、新たにブルーム領を治める貴族に籍を移すことになったのだ。

それで、新しい家が決まるまでの間、貴族区の管理を請け負《お》うのがアルベルト公爵家になったため、アニエちゃんは私やフランと一緒に暮らす運びとなったというわけである。

私含め、なんかアルベルト家の負担でかくない？　と思ったものの、ママとアネットは大喜び。

パパもこの件に関わった以上は責任を持つと言っていた。

アニエちゃんは「アンドレといる時よりは何倍も居心地いいけど、違う意味で気を使うわ」って言っていたけどね。

その後、私はみんなと魔法の特訓をこなした。

課外授業は前の世界でもあったけど、いい思い出なんてなかったから、みんなで一緒にお泊まりに行くと考えただけでわくわくしてしまう。

私は出発の日を楽しみに、それからの一週間を過ごすのだった。

2　課外授業の日

「皆さーん、出発しますけど、隣のお友達はちゃんといますかー？　いなかったら手を挙げて、教えてくださいねー」

先生がそう言って確認してから、御者へ出発するように伝える。

今私たちは、すごく大きい馬車に乗っている。これは課外授業用の馬車らしい。スクールバスならぬ、スクール馬車というわけだ。

アクアブルムは、私たちの住む王都エルトからこの馬車で四時間ほどかかる。

街の外に行くのは久しぶり……というか、ママのお母様であるシャロン様が住んでいる風の街、ドルテオに行った他は、一度も王都から出たことがない。

「前から気になってたんだけど、サキっていつもそのブレスレットしてるよね。何か思い出があったりするのかい？」

フランは私が手首にはめているブレスレットを指差して尋ねてきた。

これはナーティ様がくれたお付きの猫、ネルが変身した姿だ。学園に猫を連れていくわけにはいかないと思ったので、【チェンジ】という魔法で姿を変えてもらっている。

「これ……？　ううん、思い出というより大切な家族なの」

「えっと、ブレスレットが家族……ですか？」

今度はミシャちゃんが不思議そうに聞いてくる。

「あ、そっか……」

そういえば、みんなとは出会って何ヶ月も経っているのに、ネルを変身させるところをちゃんと見せたことはなかったかも。みんな、ネルにはクラス対抗戦で会っているんだけどね。

この際だから紹介しておこうかな。

「ネル……猫になって」

『かしこまりました』

私がネルにお願いすると、ネルは頭の中に直接話しかける魔法【思念伝達《しねんでんたつ》】で返事をした。

すると、あっという間にブレスレットが猫の姿になる。

オージェが驚いて声を上げる。

「ね、猫になったっす⁉」

「私の家族、ネルだよ」

私が紹介してあげると、ネルはにゃーと鳴いてみせる。

「可愛い猫さんですね！」

「この猫って……対抗戦の時に助けてくれた猫？」

「僕は屋敷で見てたけど、こんなことができるなんて初めて知ったよ」

ミシャちゃん、アニエちゃん、フランがそれぞれの反応を見せた。

まあ、フランの言う通り屋敷の中だといつも猫だったもんね。

ネルの【チェンジ】はとても便利だ。例えばネルが本になれば、元の世界の雑誌などを読むことができるし、その本の中に書いてあるものに変身することもできる。

この間も人をダメにするクッションになってくれて気持ちよかったな……。

ネルの紹介が済んだところで、私たちはアクアブルムに着くまでの時間、トランプをすることにした。

ちなみにこの世界にはなぜか、トランプのように前の世界にあったものがそのまま存在していることがけっこうある。

私たちがやるゲームは、ババ抜きだ。

友達と馬車でトランプ……私、なんて幸せな時間を過ごしているのだろう。

「さぁ、オージェ、引きなさい……」

「う……ぐぐ……」

ババ抜きは最後、オージェとアニエちゃんの戦いになった。何度勝負しても、毎回なぜかこの二人が残ってしまう。

「ここっす！」

「あぁっ⁉」

オージェが勝ち誇った表情を浮かべる。

「や、やったっすー！」

「うー！　悔しい〜！　オージェなんかに負けるなんてぇ！」

まあ二人が楽しそうで何よりだ。ミシャちゃんとフランも二人を微笑ましそうに見ていた。

「はぁ……それにしても、ずっと草原ね」

アニエちゃんが馬車の窓から外を見て言う。

確かにさっきから同じ景色が続いている。

「トランプにも飽《あ》きてきたっす」

え？　私は久しぶりにトランプができて楽しいんだけど。でも、オージェだけでなく、他のみんなも飽きてきた感じだ。

むむ、きっとみんな普段から楽しいことをたくさんしているんだね……。

「じゃあ何か話でもするかい？　恋の話とか」

「「「恋⁉」」」

フランの提案に、私以外の三人が声を揃えて驚いた。

「フランは恋のお話……できるの？」

「んーまあ、そうだね。しろと言われればできる、くらいかな」

私の質問に平然と答えるフラン。

するとアニエちゃんが挑戦的な目でフランを見た。

「へぇ、聞かせてよ」

「聞かせるのは構わないけど、聞いたからには、アニエにも話してもらうよ？」

「な、何よ……私を脅《おど》す気？」

「いやぁ、やっぱりこういうのはお互い公平に話さないと……ね？」

フランはあくまでもにこやかだが、アニエちゃんは気圧《けお》されているみたいだ。

「う……わ、わかったわよ。なら、聞かないわ」

「聞かないのかい？　それは残念だよ。じゃあせめてさ、実際に恋をした話じゃなくていいから、どんな性格の子が好みか話そうじゃないか」

みんなも、まあそれならといった感じになったので、そこから私たちの恋バナが始まった。

「オージェは好きな子っているわけ？」

性格の話かと思ったのに、アニエちゃんがいきなりオージェに切り込んだ。

「お、俺っすか？　い、いやー……いないっす」

「ふーん……で、誰？」

「い、いないって言ったじゃないっすか!?」

「あんた嘘つく時、絶対右手で頭の後ろを触るのよ。で、いるんでしょ？　どんな子？」

オージェはアニエちゃんにそう言われて、後頭部を触っていた右手をサッと下ろした。

その後もずっとアニエちゃんに凄《すご》まれ、観念したオージェが話し始める。

「そ、そうっすね……優しくて面倒見がいいっす。好きなことになると負けず嫌いになるところも見てて可愛いっすね……」

「何もじもじしながら言ってんのよ。気持ち悪い」

「恥を忍んで言ったのにひどいっす！」

アニエちゃん、辛辣だなあ……でも、オージェのイメージを聞く限りだと、そんないい子は彼には難しいのでは？　勝手な想像だけど、そういう人って年上を好きになる気がするんだよね。オージェは子供っぽいというか……うん、がんばれ、オージェ。

今度はオージェがアニエちゃんにやり返す。

「そう言うアニエはどうなんすか！　いないんすか、そういう人！」

「そうね、いないわ」

「即答っすか!?」

きっぱり答えたアニエちゃんに驚くオージェ。アニエちゃんは苦笑いしながら続ける。

「でもまあ、強《し》いて言うなら……ずっと私の横を歩いてくれる人かしら。ほら、私の立場って微妙じゃない？　だから、私の立場や境遇じゃなくて、私自身をずっと変わらずに見てくれる人がいいわ」

いや、それ七歳の恋愛観じゃないよ、アニエちゃん……。

「ミシャは？　そういう人いない？」

アニエちゃんはミシャちゃんに話を振った。

「私ですか？　そうですね……特定のそういう男子はいませんけど、好みを言うのなら楽しい人がいいですね」

「楽しい人？」

聞き返すアニエちゃんに、ミシャちゃんは頷く。

「はい。私は自分から行動するのが苦手なので……だから、積極的に引っ張ってくれて、楽しいことを一緒にやってくれる人がいいです」

「ふーん、ミシャらしいわね」

「ふふふ、そうかもしれませんね。フランくんはどうですか？　好みの人は」

ミシャちゃんがアニエちゃんに笑って応えると、今度はフランに尋ねる。

「僕かい？　そうだね……さっきも言ったけど、好きな人はもういるんだ。ずっと前からね」

「本当にいるんすね。どんな人なんすか？」

オージェが聞くと、フランは苦笑いする。

「本当にって……僕はいつも正直だよ。ううん……その人は誰にでも平等というか、変わらずに接しているんだ。それにすごく頑張り屋でね。後、その頑張っている姿を人に見せようとしないのも、なんだか可愛くて。自分の環境に文句を言わずにいるところも尊敬できるんだ」

そう言ってフランは、いつものふわっとした笑みを浮かべた。これはまた七歳離れした恋愛観を。

さすが話題を振った本人。でも、その人ってもしかして……。

「へー、そんな人が好みなの。なんか意外だわ」

アニエちゃんが言うと、フランが笑みを浮かべて尋ねる。

「意外かい？」

「そうね、フランはもっと可愛い子を好きになると思っていたわ。なんか話を聞くとその子、気が強そうじゃない？」

フランはふふっと笑う。

「そうかもね。でも、そういうところも好きなんだよ」

「フランがそこまで言うなんて、その人はきっと素敵な人なんすね」

オージェがそう言うと、フランは笑った。

しかし、私はフランの想い人がアニエちゃんだとわかってしまい、何も言えなかった。

あぁ……なんだか体と顔が熱い。私のことじゃなくても、そんなことを知っちゃったら……。

ふとミシャちゃんを見ると、彼女も察したらしく顔がほんのり赤い。

「サ、サキちゃんはどうですか？　好みの人とか」

ミシャちゃんは場の空気に耐えられなかったのか、私に話題を振る。

「私？」

その時、急に馬車の中が静かになったような気がした。

うーん……好みのタイプか。

前の世界では一応彼氏と呼べる人がいたけど、親の暴力を受けてできた体の痣《あざ》を気味悪がって別れてしまったんだよね。あれは辛かったなぁ。

思えばそれから男性も女性も信じられなくなった気がする。

「……よくわかんないかな。でも、私のことを大切にしてくれて、私もその人のことを大切にできる……そういうのが憧《あこが》れ」

「そう、サキらしいわね」

アニエちゃんが優しいまなざしで私を見つめている。

私らしい、のかな？

そういえばなんか、周りの男子が心なしかほっとしているような……。

私はそこで思いつきを口にする。

「あ、でも、一個だけ条件があった」

「へー、どんな条件っすか？」

オージェが興味深そうに聞いてくる。

「私より強くて、守ってくれる人」

私が目を輝かせてそう言うと、周りの男子が固まった。

四人もなんとも言えない顔をしている。

「サキなら、守られるより先に敵を倒しそうっすよ」

「最後の条件が一番大変って自覚はなさそうだね」

「サキより強い人っているのかしら……」

「サキちゃんのお相手はしばらく現れそうにないですね」

オージェ、フラン、アニエちゃん、ミシャちゃんが小声で話している。

私にはよく聞こえなかったけど、なんかひどいこと言ってない？

「みんな？」

私が声をかけると、みんなは私の方を向いて苦笑いしてくる。

「み、見つかるといいわね！　そういう人！」

……なぜかアニエちゃんに励《はげ》まされた。

ちょっと腑《ふ》に落ちないけど、みんなの恋バナはなかなか楽しかったな。

それからも色々お話をしていたら、馬車からアクアブルムと思われる街の外観が見えてきた。

3　水の都・アクアブルム

「はーい、皆さん、アクアブルムに到着しました。今からいったん宿まで行って、それから街を見学に行きます」

先生の説明通り、馬車はそのまま宿へ向かっていく。

私はしばらく街並みを眺めていたが、イメージしてたのと違って、アクアブルムの街は至るところに水が流れていた。

水資源が豊富というのはこういうことなのかな？

地理的にも海が近いし、てっきり魚とかの海産物が豊富という意味かと思っていた。それでお刺身を食べられるのではないかと、私は期待していたのだけど……。

宿に着いた私たちは、部屋に荷物を置いて、再び馬車に乗り移動する。

すぐに馬車は目的地に到着した。

「皆さーん、ここで降ります」

先生に言われて、私たちは馬車を降りる。

すると、目の前には何やら大きな施設があった。

ていうかすごい……この施設、前の世界にあったような雰囲気の建物だ。壁がコンクリートみたいなものでできている。

「はい、皆さん。ここが今日見学するアクアブルムの研究施設、魔石研究所です。では、ここからは研究員の先生に案内してもらいましょう。魔石研究所のマリオンさんです。マリオンさん、お願いします」

先生に紹介された男の人が一歩前に出てくる。

ん……？　この人、白衣を着ている！　しかも前の世界で科学者とかが着てそうなやつ！

マリオンさんはにこやかに自己紹介する。

「皆さん、こんにちは。今日は遠いところから来ていただき、ありがとうございます。私はここで研究員をしている、マリオン・クレトンと言います。今からこの施設を案内しますので、はぐれないようについてきてくださいね」

みんなは元気よく返事をして、マリオンさんについていく。

マリオンさんが施設の扉に近づいて手を当てると、扉が開いた。

うわ、自動ドアだ！　前の世界では見慣れたものだけど、ここでは初めて見た。

施設の入り口を抜けると、中では白衣を着た人たちがたくさん歩き回っている。そして、その広い部屋の真ん中には、青色の大きな石が設置されていた。

あの石……もしかして……。

「皆さん、この大きな石は水の魔石です」

マリオンさんが説明してくれた。

魔石とは魔物の心臓のようなものだと聞かされていたけど、それにしても大きいなぁ。

私はクマノさんの魔石を持っているけど、これは規模が違う。目の前の魔石は車くらいの大きさがあるんじゃないかな。

マリオンさんが、研究所の解説を始める。

「この研究所の意義……つまり役割は、魔石を用いて生活を豊かにすることです。入り口にある自動で開くドアも、この施設の明かりも、雷の魔石で作られた力を利用しています」

……ん？　でも魔石って魔物から取れるんだよね？

じゃあ、この施設にある魔石の分、魔物が……。

「魔石を使っていると言っても、たくさんの魔物を倒しているわけではありません。魔石は魔物から取れるというのは有名な話ですね。しかし、魔物の体内の他にも、地層や海底、さらに山奥など、自然が作り出す魔石も存在します。この研究所では、魔物から取れるものとそうでないものの違いなんかを研究しています。ちなみに、皆さんの目の前にあるこの大きな水の魔石は、巨大海洋魔物、クラーケンから取れたものだと言われています。街に流れる水は、この魔石から溢れる水です。その水は街の植物たちを育て、私たちの生活に欠かせないものとなっています」

マリオンさんの説明を聞いて、私は安心した。

海や地面からも取れるんだ……よかった。魔物といえども、たくさんの命が奪われていたら可哀《かわい》そうだもの。

これほど大きな魔石が取れる魔物がいるなんて……そんな魔物とは戦いたくないなぁ……。

そんなことを考えながら、私はマリオンさんの後をついていった。

一通り見学が終わった後、研究所のワンフロアを自由に見ていいと言われたので、私はいつもの四人と回ることにした。

「わぁ！　可愛いです！」

ミシャちゃんはそう言って、ガラス張りになっている一角に歩み寄る。

他の生徒も同じようにガラスの中を覗《のぞ》いていた。

中には小さな動物がたくさんいる。

これはもしかして……。

「ネル、この子たちって魔物？」

『はい。しかし、普通の魔物に比べて魔力が弱いようです』

周りに気付かれないように小さな声で聞くと、ブレスレットになっているネルが思念伝達で教えてくれた。

魔力が弱い？　……見る限り元気に動いているし健康そうだけど、普通の動物に近いということかな？

ちなみに普通の動物も、心臓が魔石化することで魔物になってしまう。

クマノさんはそれが原因で魔物になってしまったのだが。

ガラスの中の魔物を見ていると、マリオンさんが声をかけてくる。

「この子たちは、魔物の魔石から魔物を復元する研究の成果だよ。通常の魔物よりも魔力は弱い。でも、魔物を復元する技術は今までなかったからね。これを応用した研究なんかも進めている最中さ」

魔石から復元!?

それならもしかして……。

「あ、あの、マリオンさん……」

私が話しかけると、マリオンさんは首を傾げる。

「ん？　なんだい？」

「魔石から魔物を復元してるところを……見せてもらってもいいですか？」

「あぁ、ごめんね。見せてあげたいんだけど、今はちょうどいい魔石がないんだ。用意しておこうと思ったんだが……」

「魔石ならこれを使っていいので……お願いします！」

私は鞄《かばん》に手を入れて、クマノさんの魔石を取り出す。

なお、鞄を探るのは単なるポーズで、本当は【収納空間《しゅうのうくうかん》】というオリジナル魔法スキルを使っている。

もしクマノさんの魔石を復元できるなら、もう一度、クマノさんに会えるかもしれない。

私が手渡した魔石を見て、マリオンさんは驚きの表情を浮かべていた。

「こ、これは……なんて純度の高い魔石なんだ……」

「この魔物はもともと動物で……私の友達だったんです」

純度が高いというのはよくわからない。もしかしたら魔物化の薬によって魔物になったことが関係あるのかもしれない。

「そうなんだ……少し待っててね。あ、ちょっとこれを借りていくよ」

そう言ってマリオンさんはクマノさんの魔石を持って、奥の部屋に入っていった。

オージェが尋ねてくる。

「サキ？　なんで魔石なんて持ってたんすか？」

「ちょっと前……森に住んでた時に友達だった熊さんがね……魔物化しちゃったの。その熊さんの魔石なんだ」

私がそう話すと、ミシャちゃんが恐る恐る聞いてくる。

「もしかして前に言ってた毎日組み手をしていたっていう熊さん……ですか？」

「うん、そうなの。たくさん組み手してたくさん遊んで、何度も助けてもらって……でも魔物化しちゃったから……私が、殺したの……」

殺した、という言葉を聞いてフランが複雑そうな顔をする。他の三人も表情を暗くしていた。

私が殺した……その事実は変わらない。

どんな状況で、どんな理由があったとしても……大切な友達を私は殺したのだ。

でも、もし魔石を復元することでクマノさんが帰ってきてくれるなら。

クマタロウくんも帰ってきてくれないかな、とも期待してしまう。

しばらくしてマリオンさんが戻ってきた。

「あ、君！　えっと……」

「サキです」

「サキ君。すまない。この魔石じゃ、ここにいる魔物のように復元はできそうにない。あまりにも純度が高すぎて、この研究所の設備で制御するのが難しいんだ」

「そうなんですか……」

マリオンさんにはそう言われたが、私はそこまで落ち込んでいなかった。

亡くなった命を元に戻すなんていうのは間違っているんじゃないか。心のどこかでそう思っていたからだと思う。

「でも、最新の技術を活かせば、この魔石から魔物を呼ぶことができるかもしれない。アクアブルムには明日までいるんだろう？　僕たちに一日これを預けてくれないかな？　形は変わってしまうかもしれないけど、魔物を復元できる可能性は大いにあるはずだ」

マリオンさんは、私に視線を合わせるようにしゃがんで説明してくれた。

まっすぐな人なんだなと思う。

子供の私にこんなに真剣に話をしてくれて。

人やものに込められた悪意を可視化できるスキル【悪意《あくい》の眼《め》】を使ってみても、マリオンさんからは何も感じなかった。

私はマリオンさんの目をじっと見て告げる。

「よろしくお願いします」

どうなるかはわからない。

それでも、私はクマノさんにもう一度会うためならなんでもしたい……。

私はマリオンさんにクマノさんの魔石を預けることにした。


研究所の見学を終えた私たちは、次にアクアブルムの街を探索することになった。

先生から、五人一組のチームで行動し、街の特徴やいいところをチームでまとめて提出するという課題が出された。

ちなみに、お昼ご飯は街探索の時に自分たちで食べていいらしい。

どんな美味しい食べ物があるかなぁ、楽しみ。

「なんかサキ、やる気満々ね」

「やっぱり、友達の熊さんと会えるのが楽しみだからですか？」

いつも通り同じチームになったアニエちゃんとミシャちゃんが声をかけてくる。

「それもある……後、どんな美味しいものが食べられるかなって……」

「食事でテンションが上がってたんすね」

「まあ、そういうところもサキらしいよ」

オージェとフランも、私を見て笑みを浮かべている。

それから私たちはアニエちゃんを先頭に、街のいろんなところを見て回った。

私たちが設定したテーマは、アクアブルムの衣食住だ。

それぞれ担当を決めて街を観察していく。

フランとアニエちゃんは住を、オージェとミシャちゃんは衣を、私は食担当。

しばらく歩いて公園にやって来た私たちは、観察結果をまとめる。

「やっぱり水の都って言われるだけあって、あちこちに水が流れているわね。水だけじゃなくて、きれいな植物もたくさん見られるし、街の雰囲気と合っている。とてもいいところだわ」

住担当のアニエちゃんが報告する。

続いてフランが話を引き取る。

「後、ところどころに少し温かい水が溜まっている場所があるね。街の人に聞いてみたんだけど、昔、ここらに火山があって、その時の影響で地面に炎の魔石ができているかもしれないんだって。だから水が湧《わ》き出るところに炎の魔石が影響して温水が出るんじゃないかって話が、住んでいる人には有名らしいよ」

なるほど。じゃあ温泉の源泉があるというよりも、水の湧き出ているところがあって、その水が魔石で温められているということか。

次は、衣担当のミシャちゃんとオージェの番だ。

「その温かい水のせいか、街の気温は高くて、薄着の人たちが多いですね。王都ではあとひと月ほどで雪が降るかもって時期なのに、まだ半袖の人がいます」

「街にいる犬や猫なんかの動物は、王都にいるものと比べて毛が短めっすね。ミシャの言う通り、気温が高い影響かもしれないっす」

おぉ～みんなちゃんと観察している。

あのオージェさえも真面目にやっているよ。

みんなの情報を紙にまとめていたアニエちゃんが、私に話を振ってくる。

「じゃあ、サキ。食はどうだった？」

「え？　えっと……」

私は自分で書いたメモを見直し、そしてゆっくりと報告を始める。

「湧き出たお湯で作った卵料理が……美味しそうだった」

「う、うん……？　他には？」

「魚が串で焼かれていたのも……魅力的だった」

「う、うーん……他に気が付いたこととかはない？」

アニエちゃんがちょっと心配そうな表情で聞いてくる。

私はちょっと焦りつつメモを見つめて考える。

「えっと……あ」

そして一つ気が付いた点を思い出した。

「何かあった？」

「牛乳のお店が多くて……美味しそうだった」

ガクッとなるアニエちゃん。

「サキってたまにこういうとこあるっすよね」

「まあ、サキらしいよね」

「そんなところも可愛くて、私は好きですよ。ふふ……」

オージェもフランもミシャちゃんも、私に向かって小さい子を見るような目をする。

そりゃあまあ、みんなみたいにしっかり観察できなかった私が悪いんだけど。

「サキがお腹空《す》いたのはわかったわ。じゃあ、お昼ご飯を食べに行きましょう」

「やったぁ」

お昼ご飯！　アニエちゃんの言う通り、お腹空いてたんだよね。

私たちはお昼を食べて街を散策した後、時間が来たので宿へ戻った。

宿と言ってもさすが観光地。前の世界のホテルのような施設だった。

大きな一室に十人、クラスごと男女別で振り分けられている。

私のいる部屋のベッドの並びは、アニエちゃん、私、ミシャちゃんの順番だ。

晩ご飯までもう少し時間があるかな。

お風呂はご飯の後だから、それまでは歩き疲れた足を休ませよう。

「はぁー、今日は歩きすぎて疲れました」

ミシャちゃんはそう言って、ベッドに背中からぼふっと倒れた。

「ミシャ、お行儀悪いわよ。まあ、気持ちはわかるけどね」

アニエちゃんはミシャちゃんをたしなめつつ、自分のベッドにゆっくりと座る。

私はアニエちゃんに小言を言われるのを承知で、ミシャちゃんと同じように勢いよくベッドにダイブした。

「もう、サキまで……」

「ね、ねぇ！　サキさん！」

その時、アニエちゃんの反対側のベッドにいた女の子が私の名前を呼んできた。この子は同じクラスのレリアさんだ。

「何？　レリアさん」

「今日の馬車で、フランくんの好きな人の話をしてたわよね？」

「うん、してた」

すると、私たちの話題に興味を持ったのか、他の子も寄ってくる。

レリアさんが続けて質問してくる。

「やっぱり、フランくんって好きな人がいるの？」

「うん、いるみたい……だよ？」

「誰か聞けた？」

う、うーん……答えにくい。聞いてはいないけど、わかっちゃったんだよね。

私はごまかしつつ、ふわっと説明することにした。

「誰かはわかんないけど……頑張り屋さんで、すごく好きだって」

「「きゃー！　それでそれで!?」」

色めき立つ周囲の女の子たち。

これはあれだ。女子トークというやつだ。

やっぱり女の子は恋バナに興味があるんだね。

確かにフランはイケメンだし、性格もいいし、頭もいいし、貴族だし……うん、悪いところがない。

そりゃ、女の子はみんな気になるか。

「誰なんだろ、フランくんの好きな人」

「やっぱり、同じ貴族の子とか？」

「三組のエミリさんとかじゃないかな？」

「あー！　ありそう！　ね、アニエはどう思う？」

レリアさんや他のみんなに尋ねられ、アニエちゃんが困惑している。

「え？　私？　うーん……まあ、あいつの話を聞く限り気が強い子みたいだし、大人しそうなエミリさんじゃないと思うけど」

「確かに……ミシャは誰だと思う？」

レリアさんがミシャちゃんに話を振ると、ミシャちゃんは慌《あわ》てて答える。

「え？　う、うーん……ちょっとわからないですね」

「そうなんだ。そういえばオージェの話もしてたよね。オージェって好きな子いたの？」

「そういうの興味なさそうだよね」

女の子たちの話題がオージェに移ると、ミシャちゃんはほっとしたように答える。

「いるって言ってましたよ。優しくて面倒見のいい人がどうとか」

「へぇ……望み薄ね」

レリアさん、辛辣!?　フランとオージェの差がひどいよ!?

「そういえば、ミシャはオージェと幼なじみだったわね」

アニエちゃんの言葉に、私は思わず聞き返してしまう。

「え？　そうだったの？」

それは初耳。でも、確かにいつも一緒に登校してるかも。

待って、それじゃあ、オージェの好きな人ってもしかして……。

ミシャちゃんが感慨深そうに言う。

「オージェくんも恋をする歳になったんですね……なんだか感動します」

「ミシャ、なんかそれ、おばあさんみたいよ」

アニエちゃんがそう言うと、みんなが笑う。

ダメだ、アニエちゃんもミシャちゃんも、自分が誰かに好かれているとは微塵《みじん》も思ってない。

私はみんなに合わせて笑いながらも、心の中で男子二人を応援するのだった。

◆

「ふぅ……今日は歩き疲れたね」

僕、フランがそう呟くと、隣のベッドにいるオージェが大きく伸びをする。

「ほんとっすよ。サキの報告があれだったせいで、お昼ご飯選びで歩き回ったっすからね……フランもお疲れ様っす」

オージェはそう言うけど、僕は報告を聞く前からなんとなくわかっていた。

アニエは知っているが、屋敷にいる時のサキは、天才的な魔法の才能の持ち主とは思えないほど抜けているんだ。

よく転ぶし、朝はすごく眠そうな顔をしているし、ぼーっとしていることも多い。

まあ、そんなサキにあれこれ手を焼くアニエとアネットを見るのは楽しいからいいんだけどね。

突然、隣の部屋からきゃーという黄色い声が聞こえてきた。

「隣はずいぶんと盛り上がってるんだね」

「なんとなく話題はわかるっすけどね」

僕がオージェと話をしていると、隣のベッドにいた同じクラスのガデットが話しかけてくる。

「なぁ、フラン」

「なんだい、ガデット」

「前から気になってたんだけど、サキちゃんと一緒に住んでるんだよな？」

「そうだね」

僕が頷くと、ガデットは少し遠慮がちに尋ねる。

「……やっぱり、家の中のサキちゃんも可愛いのか？」

サキはクラス対抗戦の活躍から、男女問わず人気を集めている。噂じゃ、先輩や後輩の間でも有名になっているんだとか。

話題につられて他の男子も集まってきた。

僕は笑いながらガデットに答える。

「まあ、可愛いんじゃないかな」

「やっぱりかー！　いいなぁ、俺もサキちゃんと一緒の家に住みたいぜ」

盛り上がる男子を見て、なんというか……有名人も知らないところで盛り上がられて大変なんだなと思った。

「オージェもそう思うだろ？」

ガデットはオージェに話を振った。

「いやぁ、俺はいいっす……」

「なんだよ、サキちゃんが転校してきた時に、あの子可愛いっすねって言ってたじゃんか。それにクラス対抗戦も今回も同じチームだろ？　羨《うらや》ましいぜ。毎日一緒に特訓だってしてるみたいだし」

「そうでもないっすよ。いつも宙を舞ってるっす……」

僕は苦笑いしてしまった。まあ、実際オージェは毎日投げ飛ばされているしね。

最近は僕らが特訓していることが広まって、放課後、訓練場に見に来る人もいる。

それで、特訓中のサキの姿が可愛いとかかっこいいとかいう噂がさらに広まっているらしい。

「俺もサキちゃんに投げ飛ばされてー！」

「それに、アニエもミシャも最近じゃ可愛いって人気が高まってるし、フランたちが羨ましいよ」

変な欲望を言い出したガデットに続いて、他の男子の一人がそう言ってうらめしそうにこちらを見てくる。

確かにアニエもミシャも可愛いけど、そんな評判になっているとは知らなかった。

いや待てよ、前にアネットから聞いたことがあったかもしれない。

アネットが通う初等科一年の生徒には、サキやアニエの対抗戦の勇姿を見て、憧れにしている子が多いんだとか。

アネットはサキに魔法を習っていることもあり、羨ましがられているらしい。

「そういえば、アニエも今はフランのところのお屋敷に住んでるんだろ？　お前の家、可愛い子だらけじゃねーか！」

ガデットが詰め寄ってくる。

「まあ、おかげで魔法の練習は捗《はかど》ってるけどね」

僕はそう返答してごまかしておいた。

アニエと一緒に毎日練習できるのは確かに嬉しい。彼女はセンスがあるから、僕も置いていかれるわけにはいかないしね。

アニエの横にいられる男にならないと。

女の子の話をしているとすぐに時間が過ぎていき、晩ご飯になった。

◆

私――サキは、目の前に広がる晩ご飯の料理が並ぶ光景にとても感動している。

並んでいるのは、お刺身に焼き魚！

そして極めつきは……白いご飯！

「これが、水の豊富なアクアブルムだから作れる『コメ』ね……初めて見たわ」

「不思議な食感です……粒々《つぶつぶ》していて、噛むたびにほんのり甘いですね」

「こ、この魚……生で食べるんすか？　大丈夫なんすか……？」

「こっちにある黒いソースをつけるのかな？」

アニエちゃんもミシャちゃんもオージェもフランも、ここの食事――日本食には馴染《なじ》みがないようで色々困惑していた。

でも、まさか醤油《しょうゆ》まであるなんて……あぁもう、アクアブルムに住みたい。ここまできたら味噌《みそ》もあるんじゃないかな？　久しぶりに味噌汁が飲みたくなってきた。

森にいた時に米を作れないか試し、水の供給が難しくて失敗したことがあった。それだけに、このご飯はすごく嬉しい。

「サキは生の魚、平気なのね。美味しい？」

「昔食べたことあるからね。美味しいよ」

私はアニエちゃんに答えつつ、刺身を醤油につけて、ご飯の上に載《の》せてから一緒に食べる。

美味しい……美味しいよ！

はぁ、これが故郷の味。

普通に食べる私を見て、みんなも恐る恐る刺身を口に入れた。

「あ、意外と美味しいかも」

「うぅ……私はちょっと苦手です」

美味しそうに食べるアニエちゃんに、顔をこわばらせるミシャちゃん。

「俺もちょっときついっす」

「僕は普通かな。この醤油は美味しいけどね」

オージェもあまり好きではないみたいだけど、フランの表情は変わらない。

やっぱり生魚は好みが分かれるようだ。

「サキちゃん……私の分、よかったら食べてください……」

「俺のもっす」

「いいの!?　食べる！」

私はミシャちゃんとオージェの刺身をもらう。

久しぶりの和食に、私は大満足だった。


晩ご飯を終えると、学年主任の先生が前に出てきて明日の説明が始めた。

「皆さん、明日は予定表にも書いてある通り、朝、船に乗ってアクアブルムの離島でレクリエーションをします。今からそのことについて話しますので、しっかりと聞いてください」

先生の説明を簡単にまとめると、離島で行うレクリエーションとは、チームごとに配られるカードにヒントが出されるので、それを解いて文章を完成させるというものらしい。

ヒントは勝手に出てくるわけではなく、一つ解いたらまた別のものが出てくる仕組み。解き終わったらまた船まで戻ってきて、先生のチェックを受けてクリアとのこと。

上位三チームのチームメンバーにポイントがもらえるらしく、みんなやる気を見せていた。

ちなみにポイントとは、学校内限定ながら学食や購買での買い物に使えるものだ。

レクリエーションの説明後は、明日の起床時間の確認などをして、私たちは部屋へ戻った。

そこからは部屋ごとにお風呂の時間だ。

「おぉ……！」

お風呂はきれいな露天風呂だった……私、絶対またアクアブルムに来る。この宿を覚えておこう。

私はタオルを湯船につけないように、ゆっくりお湯に浸《つ》かった。

「はぁ……」

「サキ、ずいぶん表情が明るいわね。そんなにアクアブルムを気に入った？」

アニエちゃんに聞かれ、私は頷いた。

「うん、絶対また来る……」

ミシャちゃんが私を見て笑う。

「そんなに気に入ったんですか。また来る時は私も誘ってくださいね」

「あら、それじゃあ私も」

「うん……ミシャちゃんもアニエちゃんも一緒に来ようね」

三人で湯船に浸かりながら笑い合う。

前の世界の宿泊学習では寂《さび》しい思いしかしなかったけど、この世界ではお友達が一緒だからとても幸せだ。

これからもみんなで楽しい思い出を作れたらいいな。

お風呂を終え、部屋に戻ってベッドに入る。

さすがに歩き疲れたのか、睡魔《すいま》がすぐに襲ってきた。

明日も楽しい一日になるように願って、私は眠りについた。

「サキちゃん……すみません、サキちゃん。起きてください」

「ん……？」

私の名前を呼ぶ声に目を覚ます。先生が、他の生徒を起こさないように静かに私の体を揺《ゆ》さぶっていた。

「しぇんしぇい……おはようございます……」

寝《ね》ぼけ眼《まなこ》をこすりながら挨拶をすると、先生は笑って頷く。

「はい、おはようございます。すみません、サキちゃん。魔石研究所の方が会いたいと、お越しになっています。ついてきていただいてもいいですか？」

「……！」

私はすぐに起き上がって、先生についていく。

廊下の窓から外を見ると、まだ薄暗い。起床時間の少し前くらいだろうか。

宿の前には、マリオンさんと知らない白衣のおじさんがいた。

「サキ君。こんなに朝早くごめんね。あ、こちらは僕らの研究所の所長だよ」

マリオンさんが隣にいるおじさんを手で指し示すと、おじさんは軽く頭を下げた。

「はじめまして、所長のレイモンという。昨日マリオン君から、君の魔石のことを聞いてね。気になってついてきたんだ」

「はじめまして……」

挨拶が済むと、マリオンさんが箱を取り出して、私の目の前で開ける。

「それで、これが今のアクアブルムの技術を集めて加工したサキ君の魔石だ」

「……きれい」

箱の中を見ると、緑色の魔石が金属にはめこまれていた。

アクセサリーのようで、それは熊みたいな形をしていた。

「これは、『風《かぜ》の熊飾《くまかざ》り』とでも言おうかな。この魔石になった動物は熊だって聞いていたからこの形にしてみたんだ。使い方はまず、これを手に持つ。そして風属性《ウィンド》の魔力を込める」

私は箱から熊飾りを受け取って、マリオンさんに言われた通り魔力を流し込む。

すると、魔石の部分が光り出した。

マリオンさんは説明を続ける。

「そして、熊をイメージしてスキルを唱える。スキル名は【召還《サモン》】。その後に名前を呼ぶんだけど、最初の召還だから今回はスキル名だけで大丈夫だよ」

私は、手に取った熊飾りに魔力を込めながら、クマノさんを思い浮かべる。

お願い、クマノさん……また一緒に組み手をしたいよ。

でもその時、私は同時にこうも考えてしまった。

……クマノさんはクマタロウくんがいないところに帰ってきて嬉しいのかな、と。

「……召還」

私がスキルを唱えると、魔石の光が強くなって中から何かが飛び出した。

光が収まって、飛び出したものを見る。

「……クマノさん？」

目の前には、クマノさんそっくりの小さな熊がいた。

しかし、私がクマノさんと呼んでも、目の前の熊は首を傾げるばかり。

「マリオンさん、この子に記憶は残ってる？」

私が尋ねると、マリオンさんは首を横に振った。

「ごめん、そこまではわからないんだ。でも、記憶を司《つかさど》る脳の部分は一度消えているから、生前の記憶が魔石に残っている可能性は低いと思う」

「そう、なんだ……」

私はゆっくりとその熊に近づく。

やっぱりクマノさんは帰ってこなかった。

呼び出す時に、私がクマタロウくんのことを考えてしまったからかもしれない。

クマノさんが生き返っても、ここにはクマタロウくんはいない。そして、クマノさんに記憶が残っているのなら、クマタロウくんを殺してしまったことだって覚えているはずだ。

そんな辛いことは、クマノさんに味わわせたくない。

だって、クマノさんを倒した私も、辛い思いをしているのだから……。

辛い思いをするのは、私だけで十分だ。

そう思うのに、未練が残ってしまっている。

ダメだなぁ、私……クマノさんに魔法を放つ時、覚悟したはずだったのに。

目に涙を浮かべる私に、呼び出した熊が心配そうに近づいてきた。

「あなたに、名前をつけてあげないとね……」

あぁ、声が震えちゃう。

この子、クマノさんにそっくりなんだもん。森にいた時を思い出しちゃうよ……。

私はしゃがんで、熊さんを抱っこする。

「それじゃあ、あなたの名前は……クマミ。クマノさんとクマタロウくんの分も、私とたくさん楽しいことをしようね……」

私がそう言うと、クマミは私の頰《ほお》を舐《な》めた。

しばらくして、クマミは魔石の中に戻った。

マリオンさんの話によると、魔石から復元した魔物は自身で魔力を生み出すことが難しいらしい。だけど、召還者が魔力を供給してあげることで上手く動けるようになり、また、供給した魔力量に応じて、召還時間や大きさなんかも変わるんだとか。

冗談だと思うけど、やろうと思えば魔力量次第で建物よりも大きくなるとまで言われた。

私は熊飾りを大事にしまうと、マリオンさんとレイモンさんと色々話してから部屋に戻った。

睡魔が襲ってきていたからもう一度眠ろうと思ったが、帰ってきた時にはみんな起きていたので、仕方なくそのまま一日をスタートさせることとなった。

4　レクリエーション

「ふわぁ～……」

私は船から降りると、大きなあくびをした。

「サキ、眠そうね」

「うん……」

アニエちゃんの言葉にうつらうつらしながら応えると、ミシャちゃんも心配そうに覗き込んできた。

「寝不足はいけませんよ。先生も眠そうでしたけどね」

あの後、結局睡魔に負けて二度寝を試みたが、アニエちゃんによって起こされてしまったのだ。

おかしいなぁ。森にいた時は、このくらい寝なくても問題なかったはずなんだけど。

「大丈夫かい？　一位を目指さず、のんびり回っても僕は構わないよ」

フランはいつも通り優しい微笑みを浮かべている。

でもそんなこと、負けず嫌いのアニエちゃんが許さないだろう。

「何言ってるの、一位を目指すに決まってるじゃない」

やっぱりね。フランは苦笑いしている。

「いやぁ……でも、僕たち、今最下位だからね」

このレクリエーションは、クラス対抗戦の順位が低いチームからスタートする。

つまり、対抗戦でトップだった私たちは、出発するのが最後なのだ。

「だから、その分スピードと知恵で勝負するのよ。ほら、ヒントのカードを見ましょう」

そう言ってアニエちゃんは、配られたカードを取り出す。

オージェが尋ねる。

「なんて書いてあるっすか？」

『海と空の境界が見える丘にて待つ。日に負けぬ光が我に再び当たるその時まで』

「なんすかそれ？　なんかの詩っすか？」

「わかんないけど、そう書いてあるのよ。ほら」

アニエちゃんはカードの文章をみんなに見せる。

確かにそう書いてある。

フランは取り出した地図の島の端を指差して言う。

「日の出側に広場があるみたいだから、まずはここに行ってみるかい？」

「そうね」

「まずはそうしてみましょうか」

アニエちゃんとミシャちゃんが納得している中で、オージェだけがわからないようだった。

「え？　なんでここなんすか？」

「あんた……本当にわかんないの？」

アニエちゃんが呆《あき》れたようにそう言い、腰に手を当てる。

「『空と海の境界』はわかるっすよ！　水平線のことっすよね！　でも、アクアブルムなら水平線が見えるところなんて他にもたくさんあるっすよ？」

「……はぁ。とりあえず急いで向かいましょう。【魔力操作《まりょくそうさ》】で行くわよ。フラン、案内よろしく」

「わかったよ」

魔力を体の一部分に集めて身体能力を上げる魔力操作は、私との特訓でみんなマスターしているため、私たちのチームは素早く移動できる。

「え？　ちょっと？　俺の質問には答えてくれないんすか!?」

慌てるオージェにアニエちゃんが言う。

「いいから行くわよ！　走りながら答えてあげるから！　あ、サキ。転ばないように気をつけてね？　辛くなったら言うのよ？」

私は頷いた。

「うん……わかった」

「やっぱり扱いの差がひどいっす!?」

「ほら、行くよ」

フランの声を合図に、私たちは島の端の広場へ向けて出発した。

「だから！　ここの文章がこうでね！」

「あぁ……なるほどっす」

アニエちゃんがオージェに色々説明している間に、他の生徒をかなり追い越した。

私たちと最初に出発したチームとでは一時間ほど差がある。

それでも、今向かっている広場はスタート地点である港とは反対側にある。けっこうな距離を移動しなければならないので、移動速度の速い私たちなら逆転できるはずだ。

それにしてもこのレクリエーション、最初のヒントから厳しいな。主に体力的にだけど……。

そして、私たちは広場に到着した。

「えっと、着いたのはいいけれど……何があるのかな」

フランにそう言われて、私は辺《あた》りを見渡す。

広場といっても、ベンチが数個と海に落ちないための柵《さく》があるだけ。

強いて言えば、変わった形の岩が三つあるくらいだ。

遊具の代わりかな？　子供がその岩に登って遊んでいるけど……。

先に到着していたチームも数組いたが、謎は解けていないようだ。

すると、オージェが口を開いた。

「うーん……はっ、わかったっす」

「期待はしてないけど、一応聞いてあげるから言ってみなさい」

相変わらず辛辣なアニエちゃん。でも、オージェは自信ありげだ。

「ふっふっふ……カードの文言は、『日に負けぬ光が我に再び当たるその時まで』。『海と空の境界』で『日に負けぬ光』がってことは、朝日と同じくらいの光が当たればいいんすよね！　だったら夕方まで待ってれば、また『海と空の境界』に太陽が落ちてきて光が当たるんじゃないっすか!?」

オージェの考えを聞いたアニエちゃんは、ため息をついた。

「あーもうわかったわ。あんたはそこに座ってなさい」

「え!?　なんでっすか!?」

「考えてるんだから、静かにしてなさいよ！」

「とうとう答えてすらくれなくなったっす！」

それからアニエちゃんとフランは、地図とカードを見て考えているようだった。

私はさっぱりわからないので、ミシャちゃんにオージェはなんでダメだったかを聞いてみた。

「まあ、仮に朝日がこの丘から見えるなら、太陽は反対に落ちますからね」

そっか、なるほどね。

ん……？　『日に負けぬ光』……もしかして。

私は子供たちがいなくなった変な形の岩に近づく。

思えばこの石、なんか違和感があるんだよね。見覚えがあるっていうか。

日光……日光が当たるとどうなる？　温かくなる？

私は試しに岩に触れて、炎属性魔法《フレア》で温めてみた。

すると、岩の中心辺りに文字が浮き出てきた！

嘘⁉　私すごくない？

私は浮き出た文字を読んでみる。

『残念でした！　日が当たると温まる、なんて単純なものじゃないよ！　もっと考えて！』

「……ふん！」

私は思わず岩を蹴飛ばした。

うわぁ！　腹立つぅ……！

温めるんじゃないなら、どうすれば……。

光……光……光といえば何？

漫画とかだと光の反対は闇って言うよね。

影の時もあるけど……あ、影！

「第二《ダブル》ライト」

私は岩と岩の間に光《ライト》属性魔法を放つ。

どういう原理かわからないけど、岩の影に映ったヒントが一瞬だけ見えた。

矢印と『ここから前に十、右に五でカード』という文字。

「サキ？　さっきから何をしてるの？」

「アニエちゃん……カード貸して！」

「カード？　はい」

アニエちゃんからカードを受け取って、私は矢印があった位置に立つ。

たぶん、前に十歩、右に五歩。

私はそこでカードを見る。

すると、さっきまで見えなかった文字が浮かんでいた。

私は文字が出たカードをアニエちゃんに渡す。

「え!? なんで文字が増えてるの!?」

本当にこれはどういう仕組みなのだろう？

ひとまず私は、さっきやったことをみんなに説明する。

あのムカつく文章に対する愚痴《ぐち》も込みで。

説明を聞いたアニエちゃんは、納得したように頷いた。

「なるほど……光《ライト》属性魔法で光を当てると文字が浮かぶのね。『日に負けぬ光』ってそういうことだったの」

「この問題作った人、絶対性格悪いっすよ」

そう！ それ！ オージェ、よく言った！

「それで、次はなんて書いてあるんだい？」

フランが尋ねる。

「えっと……『太陽に近い場所、国民は手を掲げ、旗はためく時、進む道が示される』？ どういう意味でしょうか」

ミシャちゃんは首を傾げている。

フランは、島の地図をみんなの前に広げた。

「『太陽に近い場所』っていうのがどこかが重要だね。誰か心当たりはあるかい？」

「うーん……」

私が唸《うな》っていると、オージェが手を挙げる。

「あ、わかったっす！」

「あんたは黙っててていいわよ」

「アニエ、違うっす！　ほんとにわかったんっすよ！」

「まあまあ、アニエちゃん。オージェくんの意見も聞いてみましょうよ」

ミシャちゃんがそう言って、みんなでオージェの話を聞くことに。

オージェは地図にある港近くの灯台を指差した。

「ずばり、ここっす！」

「なんで灯台？」

アニエちゃんが聞くと、オージェは自信満々に答える。

「だって、これがアクアブルムで一番高い建物っすよ！　太陽にも近いっす！」

「そんな単純な……」

しかし、ミシャちゃんはオージェの話に頷いている。

「確か、私、灯台の上に旗があるのを見た気がします」

すると、アニエちゃんはころっと意見を変えた。

「あら、そうなの？　ミシャが言うなら行ってみましょうか」

「俺だけじゃダメなんすか⁉」

「さっき盛大に馬鹿っぷりを発揮してるんだから、これでプラスマイナスゼロよ！　ほら、早く走る！」

「なんかひどいっすー！」

アニエちゃんとオージェが走り出したので、私とフランとミシャちゃんも二人についていった。

◆

レクリエーションがあるというサキ君に熊飾りを渡し別れてから、僕、マリオンはレイモン所長と共に研究所へ戻った。朝早いだけあって、まだ他の職員は来ていない。

「サキ君、喜んでいましたね」

僕はレイモン所長に話しかける。

「そうだな、マリオン君。それに君の考案した、魔法使いが魔物に魔力を供給するという研究、あれも上手くいっていた。改めて資料が見たいな。持ってきたまえ」

「ありがとうございます！　今、部屋から持ってきます！」

「資料は君の部屋か……」

「え……？」

所長が僕の背中に何か当てたと思ったら、そこから電流が走ったような痛みを感じた。

「しょ、ちょう……なぜ……」

意識が消えかけていく中、所長の手に、少し前に開発された雷の魔石を利用した簡易武器が握られているのが見えた。

「君の研究は無駄にはならない。私の役に立つのだから……」

所長がそう言ったところで、僕の意識は途切れた。

◆

「だから右って言ったじゃない！　もぉー！」

「そんなこと言われてもっすー！」

「いやぁ！」

「みんな、そんなに話せるなんて余裕だね！」

「フランもね……！」

レクリエーションに挑んでいる私たちは、ヒントをもとに順調に進んでいき、現在は転がってくる大きな岩に追いかけられていた。

灯台の問題は意外とあっさり解け、その後、私たちは立て続けに四つほど謎を解いて答えの文章のヒントを得た。

ここまでで、文章は『シグル』まで完成していた。

これは文字通り、魔法のランクを表すナンバーズ【第一《シグル》】を示しているのだろう。

そして次の『暗い道で選択せよ。正しき道には答えが隠れ、誤りの道は正しき道への導《しるべ》になる』という謎を解くために、私たちは島の南にある洞窟《どうくつ》に来ていた。

そこまではよかった……。

洞窟の中で右へ行くか左へ行くか迷った時、オージェが「こういう時は左っす！」と先に進んだ結果、道を選んだ張本人が罠《わな》に足を引っかけ、こうしてみんなで追いかけられている。

みんな、魔力操作を使って全速力だ。

「くっ！　この！　二重付与《ダブルエンチャント》・【暴風《ブラスト》】！」

アニエちゃんが振り向きざまに魔法を放ち、岩を粉々に壊した。

「ふう……ん？」

壊した岩から紙が一枚、ひらひらとアニエちゃんの手に飛んできた。

アニエちゃんはしばらくその紙を見つめていたが、やがて手をプルプルと震わせ始める。

私たちも横からその紙を覗く。

『この岩を壊すためにすっごい大きな魔法使っちゃった？　残念でした！　この岩はハリボテで大きな音を立てて転がっているだけ！　必死に逃げちゃって、そんなに怖かった？　もう、可愛いんだから』

「あああぁぁぁぁぁもおぉぉぉぉぉぉ！　これ作ったやつ出てきなさいよ！　今すぐ今の魔法ぶつけてあげるからぁ！」

人をおちょくったような文章が書かれていた紙は、アニエちゃんの怒りの炎《フレア》属性魔法で灰になった。

「ア、アニエちゃん！　落ち着いてください！　気持ちはわかりますが」

「そ、そうっす！　ミシャの言う通りっすよ。こういう時こそ冷静にっす！」

「うっさいわよぉ！　オージェ！　あんたにだけは言われたくないわぁ！　ほんとのほんとにどいつもこいつもぉー！」

「ん……？　みんな、ちょっと静かに」

「何よ！　フランまで私のこと……」

「違う、何か聞こえないかい？」

フランに言われて、みんなが静かになる。

アニエちゃんの荒い呼吸は聞こえるけど……。

しばらく静かにしていると――

『正しい道を選ぶ者ぉ～♪　答えを知る資格ありぃ～♪　定めた力で風よ吹け～♪　狙いに当たらばおめでとう～』

「歌……ですか？」

ミシャちゃんが呟くと、アニエちゃんも頷く。

「定めた力で風よ吹け……ってことは、答えは第一《シグル》ウィンドを何かに当てるってこと？」

「でも、この辺りに狙えそうなものなんてないよ……？」

私が周囲を見回して言う。

フランが、顎に手を当てて考えながら提案する。

「うーん……試しに港の先生のところに行ってみるかい？　その狙いってのも、先生が用意してるかも」

「そうね……とりあえず、このムカつく洞窟から出ましょう」

アニエちゃんの意見にはみんな賛成だった。私たちはいったん洞窟を出て、港へ向かう。

通りをしばらく走っていると、私はふと違和感に気が付いた。

「ねぇ、さっきから人がいない気がする……」

「やっぱりサキもそう思う？　私もちょっと静かすぎないかなって感じてたわ」

私たちはいったん足を止める。

「確かにけっこう走ったのに人を見かけないのはおかしいね」

フランが不思議そうに辺りを見渡した。ミシャちゃんも首を傾げている。

「何かあったんでしょうか……」

「な、何かってなんすか!?」

「オージェ、焦ってもしょうがないわ。ひとまず港に……きゃっ！」

アニエちゃんが話している時、急に大きな地震が私たちを襲った。

すぐに収まったが、みんなは不安そうにお互いの顔を見ている。

「地震、止まったね……」

私が言うと、アニエちゃんが頷く。

「今のうちに港へ行きましょう」

私たちは引き続き港へ向かう。

でも、なんだか嫌な予感がする……。


港に到着して、その嫌な予感は現実のものになった。

「何……これ……」

私は港の様子を見て、一瞬言葉が出なかった。

この島に来た時に見たきれいな港はそこになく、あちらこちらに崩れている箇所があり、船は一《いっ》隻《せき》もない。

「そんな……みんなはどこに行ったっていうの？　なんで私たちだけ……」

声を絞り出すアニエちゃん。

「何か大きな事件が起きて、僕たちが洞窟に入っている間にみんなは避難してしまった、とかかな」

「なんでそんなに冷静なのよ！」

アニエちゃんがフランに怒鳴る。

「みんな……落ち着いて……」

私は呟くように言葉を発した。それからしばらく無言の時間が続く。

私の空間魔法を使えば、みんなを連れてアクアブルムの中心街まで飛んでいけるが、この港の状況を見ると、街も安全かわからない。

現状を把握せずに、飛ぶのは危険すぎる。

「な、なんすか！　あれ！」

オージェがアクアブルムの中心街を指差して叫んだ。

街の港近くに巨大な何かが二体もいる。

「ネル」

私はブレスレットになっているネルに話しかける。

『はい、サキ様』

「あれは何？」

『あれは、水属性《アクア》大型魔物、クラーケンです』

クラーケン……魔石研究所の入り口にあった巨大な魔石の魔物だ。

『さらに付け加えると、あれは魔石から復元されたものだと思われます』

「復元……？」

まさか、あの研究所の魔石からクラーケンを復元したってこと？

誰がなんのために……いや、それよりも複数体いるのはおかしい。

魔石は研究所に一つしかなかったはず。

研究所が、あの大きさの魔石をたくさん保有しているとは思えないのだけど……。

考え事をしていると、目の前の海から白く大きな烏賊《いか》の脚が伸びてきた。

まさか三体目⁉　何体いるの⁉

「きゃー！」

「や、やばいっす！　逃げるっす！」

ミシャちゃんが叫び、オージェはあたふたしている。

その間にも白い脚はどんどん伸びてきて、ついに本体が現れた。

大きな白い烏賊……これがクラーケン！

「とにかく逃げましょう！　みんな、いったん島の内側に」

「アニエ！」

「え？」

アニエちゃんが私たちに指示を出しているうちに、白い脚が彼女に振り下ろされる。

しかし、フランがそれを予測してアニエちゃんを庇《かば》い、クラーケンの一撃を体で受けた。

「フラン！」

気を失ってぐったりしたフランを見て、悲痛な叫び声を上げるアニエちゃん。

「こ、この！　【雷電纏《エレクトウェア》】！」

オージェが雷を纏《まと》った拳《こぶし》でクラーケンの脚を殴り飛ばすが、ダメージはなさそうだ。

それでもオージェは、フランとアニエちゃんを守るようにクラーケンの脚を殴り続ける。

その間に私とミシャちゃんが二人に駆け寄る。アニエちゃんが声を上げる。

「サキ！　どうしよう！　フランが目を開けないの！」

「アニエちゃん、落ち着いて……ネル」

私はネルに声をかける。

『はい。怪我の場所、攻撃の当たり方から、頭を強く打ったことにより気を失っていると思われます。早急に治療してください。体に複数の打撲《だぼく》もあるため、全身を包むように第六《セクル》の回復魔法を使うことを推奨します』

「わかった。第六《セクル》ヒール……」

私はオージェが時間を稼《かせ》いでいる間に、フランの治療を行った。

この烏賊、私の友達になんてことを……。

治療を終えると、私はミシャちゃんにお願いする。

「ミシャちゃん……二人の近くにいて……」

「わ、わかりました。サキちゃんは……？」

「私の友達を傷つけるなんて許せない……あの烏賊をこらしめてくるね」

私はそう言うと、足に風《ウィンド》属性魔法を集中させて瞬時に移動するオリジナル魔法スキル【飛脚《ひきゃく》】を使って移動。そろそろ限界が来そうなオージェのもとにやって来るとその背中をつかみ、ミシャちゃんたちの方へ投げ飛ばした。

「サ、サキ⁉」

「オージェ、三人を守って……」

「わ、わかったっす！」

オージェは、こういう時だけ頭の回転が早いんだから。

さて……。

私は光の刃《やいば》を作り、クラーケンの目の前に立った。

「二重付与《ダブルエンチャント》・【光刃《こうじん》】」

「烏賊さん、覚悟してね……私の友達を傷つけた罪は、海よりも深いんだから……」

私は振り下ろされる脚をかわし、光刃をクラーケンに向ける。

「えいっ」

両手を振り回し、クラーケンの脚を刻んでいく。

「ネル流剣術スキル・【弧交斬り《こまぎり》】」

私は技を繰り出し、光の刃で順調に脚を切り刻んでいく。

そういえば、烏賊の脚って八本だっけ？　それとも十一本？

「ネル流剣術スキル・【刺々牙き《ささがき》】」

今ので八本目……あ、また出てきた。

じゃあ、正解は十一本だ。

私はどんどん脚を切っていく。

よし、今ので十一本目……あ、あれ？　また出てきた⁉

「数え間違えたかな……」

そう考えていると、ネルが教えてくれる。

『サキ様、クラーケンは再生力が高く、魔力が続く限り再生し続けます』

え⁉　何それ、早く言ってよ！

それじゃあ、どうしたらいいのかな……。

「魔石を破壊するとか……？」

私はクラーケンの脚を切りながらネルに聞く。

『通常の魔物であれば、魔石の破壊、摘出《てきしゅつ》で倒せます。しかし、このクラーケンからは魔石の反応がありません』

「魔石がないってこと……？」

私はものを透《す》かして見ることができる【透視《とうし》の魔眼《まがん》】で、クラーケンの本体を見つめた。

確かに、魔石っぽいものは見当たらない。

じゃあ、もう倒しようがないじゃん。

「ネル、どうしたらいい？」

『考えられるのは、熊飾りのクマミ同様に、核となる魔石が別の位置にあり、そこから魔法使いの魔力で実体化している可能性です。つまり、対処法は今のところ存在しません』

「え、倒せない？」

どうしよう。これ、逃げるしかないかな。でも、逃げても追いかけてくるし……。

とりあえず、すぐに追ってこられないようにして撤退《てったい》か。

時間を稼ぐには再生が追いつかないくらい……切り刻む！

「覚悟してね。倒せないけど、きっと痛いから……」

私は大きく深呼吸する。相手は人じゃないから、思いっきりできる。

「ネル流魔剣術・【二刀《にとう》・千《せん》】！」

光の刃を使って、クラーケンの脚から本体まで一気に千切りに刻んでいく。

剣がクラーケンに触れた瞬間に空間ごと切れるため、力をそこまで加えなくても刻むことができた。

とりあえず、見えている脚を全て切り落としてやった。

私の友達に手を上げるからそんなことになるんだよ。

「ふぅ……」

「た、倒せたっすか……？」

オージェが恐る恐る尋ねてくる。

「ううん、倒せてない。だから、今のうちにここから離れよう……」

オージェがフランをおんぶする。固まってしまっているアニエちゃんとミシャちゃんを連れ、島の内側の林に逃げることにした。

林に着いた私たちはいったん休憩する。

フランを寝かせるため、私は空間収納から布団を取り出した。

「何が起きてるんでしょうか……」

ミシャちゃんが木にもたれかかり、膝を抱いて呟いた。

アニエちゃんとオージェも、木に寄りかかって休んでいる。

アニエちゃんがみんなに告げる。

「フランが目を覚ましたら考えましょう……とにかく、アクアブルムの中心街には人がたくさんいるだろうし、あのクラーケンだってなんとかしているはずだわ」

「そうっすね……」

みんな、かなり疲れているようだ。

私がなんとかしなくては……いつもみんなには助けてもらってるから、こういう時こそ役に立たないと。

でも、何も思いつかない。

「せっかく水着買ったのに……残念……」

「え……？」

思わず漏れ出てしまった不満に、アニエちゃんが顔を上げた。

「本当なら、今頃レクリエーションを終わらせて、みんなで海だったのに……」

こんな時に私、何言ってるんだ……これじゃあ、ただの愚痴じゃん。

だけど、アニエちゃんはふふっと笑って言う。

「それもそうね……サキに似合う水着を買ったんだから、海で見てみたかったわ」

「はい。フランくんが選んだものというのは悔しいですが、サキちゃんの水着姿、見たかったです」

ミシャちゃんも笑っている。

あ、あれ？　ちょっと空気が明るくなった？

「オージェも楽しみだったでしょ？」

「お、俺はそんなことないっすよ？」

アニエちゃんの言葉にオージェが照れ隠しのつもりか、強がりを言う。私はオージェに近づいて、耳元で囁《ささや》いた。

「本当はミシャちゃんの水着、見たかった癖《くせ》に……」

「な、な、何言ってんすか！」

アニエちゃんがあたふたするオージェをからかう。

「あーオージェが照れてる！　サキ、今なんて言ったの？」

私が答えるより先に、オージェが首をぶんぶん横に振る。

「なんでもないっすよ！」

よかった……みんなちょっとは元気になったかな。

「……ずいぶんと楽しそうだね」

声をかけてきたのはフランだ。彼は私たちが話している間に目を覚ましたらしい。念のためネルに確認してもらったが、体は特に問題なかった。

その後、私はみんなにネルから教えてもらった情報を共有した。

「……なるほど。じゃあ、どこかにあのクラーケンを操っている人がいるんだね」

フランは頭の中で情報を整理しているようだ。

こういう時、私はどういうふうに動けばいいのかわからないから、冷静なフランがいてくれるとやっぱり助かる。

「じゃあ、そいつを倒せばクラーケンを止められるんすね！」

オージェが意気込んで言うけれど、アニエちゃんとミシャちゃんは疑問の表情を浮かべている。

「でも、どうやってその犯人を見つけるの？」

「何か手がかりでもあればいいんですけど……」

そこへさらに、フランが告げる。

「それに、他の人たちがどこに行ったのかも、気になるところだね」

いずれにしても今は情報がなさすぎる。それに、二体のクラーケンが見えた中心街の方も気がかりだ。

「あー！　わからないことだらけで頭が破裂しそうっすー！」

「うっさいわね！　私だって考えてるんだから我慢しなさいよ！」

オージェはともかく、アニエちゃんも意外と考えるのは苦手だよね……。

声を上げる二人に対して、静かに考えているフランとミシャちゃん。

しばらくして、二人が口を開く。

「まずは優先順位を決めよう」

「私もそれに賛成です。クラーケンは、サキちゃんが倒せない時点で私たちじゃどうにもできませんから……とりあえず他の人を探すのはどうでしょうか？　その方が情報を得やすいでしょうし」

「そうだね。僕もミシャと同じ考えだ。サキはどう思う？」

「私もそれでいいと思う……」

私が答えるとフランは笑って頷き、言い合いをしているアニエちゃんとオージェの方を向く。

「そっちの二人はどうだい？」

「私もそれでいいわ……」

「俺も賛成っす」

二人の返事を聞いたフランは頷くと、みんなに向かって言う。

「よし、それじゃあクラーケンを避けつつ、人を探しに行こう。サキ、移動中も【魔力探知《まりょくたんち》】でクラーケンの位置を細かく教えてくれるかな？」

「うん、わかった……」

「アニエ、先頭を任せるよ。僕は後ろに回る。オージェとミシャは周囲の警戒をお願い」

こうしてフランの指示のもと、私たちは島の探索を始めることになった。

とりあえず、レクリエーションで巡ったところを探して回った。

レクリエーションのおかげで、島内の地図はなんとなく頭に入っている。

だが、あちこち見て回っても誰も見つからなかった。

「やっぱり誰もいないいっすね……」

「そうですね……」

オージェとミシャちゃんがため息をつく。

すると、フランがぽつりと呟く。

「おかしい……」

「おかしいって……そんなことわかってるわよ。人がいないいんだから」

「違うよ、アニエ。そういう意味じゃないいんだ。仮に人がみんな避難したんだとしても、僕たちみたいに逃げ遅れた人がいるはず。この島は観光地で人も多いいんだ。たくさんの人を島からまとめて避難させたとしても、僕たちが洞窟にいた短い時間でできるわけがない」

「そう言われてみれば……そうね」

アニエちゃんが頷く。

「ということは……どういうことっすか？」

オージェが尋ねると、フランはゆっくりと告げる。

「……考えられるのは、大規模な空間魔法によって全員どこかに飛ばされた……とか」

「島全体でしょ⁉　そんなこと可能なの⁉」

「わからないけど、それくらいしか考えられないんだ、アニエ。僕たちがここに残ったのは、洞窟がその魔法の範囲外だったからじゃないかな」

なるほど、確かにそれなら筋が通っている気がする。

でも、誰がなんのために……。

「みんな、アクアブルムの街に戻ってみる？」

私が提案すると、アニエちゃんが心配そうに言う。

「まあ、できるなら行きたいけど、船がないんじゃ……」

「あ！　確かサキは空間魔法も使えるんだよね？」

フランに問われ、私は頷いてみせる。

「うん……でも、街が安全かわからないから、今まで言わなかった」

「なるほどね……けど、島を見る限り人はいなそうだし、いいんじゃない」

「そうですね、私も賛成です」

「まあ、このままここにいるのもね」

フラン、ミシャちゃん、アニエちゃんは納得してくれた。

「あっちのクラーケンは大丈夫なんすか？」

不安そうに尋ねてくるオージェ。アニエちゃんもそこは心配しているみたいだ。

「クラーケンが向こうには二体いるしね……サキ、クラーケンの攻撃が届かなそうなところまで空間魔法で飛べる？」

「うん、できるよ……」

というか、本気を出せば王都にだって飛べるが……またみんなに奇異《きい》の目で見られそうだから、言うのはやめておこう。

「じゃあ、アクアブルムの門まで行くのはどうかな？　あそこなら海も遠いし」

フランの提案に、アニエちゃんも頷く。

「そうね。それでいきましょう」

「それじゃあサキ、頼むよ」

「わかった……第四《クアル》テレポート」

私は魔法を唱え、みんなと一緒にアクアブルムの門まで転移《ワープ》した。


アクアブルムの門に着き、周囲を見渡すが、街の中も島同様に閑散《かんさん》としていた。

「まさか、街にも人がいないなんてことはないでしょうね……」

「いやいや、アニエ……まさかそんなこと、あるわけないっすよ」

オージェがアニエちゃんに向かって話す。

ミシャちゃんが冷静に言う。

「でもこの状態を見ると、フランくんの説は正しいかもしれませんね」

「どうして……？」

私が尋ねると、ミシャちゃんは説明する。

「見てください。建物はどれも無傷です。何かが破壊された形跡もありません。もし、避難するために人がいなくなったのなら、危険な魔物が街に侵入したり、破壊活動があったりしたと考える方が自然だと思うんです」

　フランも同意する。

「僕もそう思うよ。でも、問題は街や島の人全員を消すほどの空間魔法、もしくは他の魔法をどうやって発動させたか、だ」

「魔力の量的にも、そんなことができるのは、賢者様や勇者様みたいな英雄と呼ばれる人くらいよね」

　アニエちゃんが呟いた。

　どうしよう、私、できるかもしれない……。

　でも、私の力は女神様補正があるし、当然なのかな。

　この世界で普通に生きている人で、そんなことができる人がいるんだね……ちょっと会ってみたいかも。

「何か街に変わったところはないか、さっきと同じ感じで辺りを見てみよう」

　フランの号令で、私たちはとにかく情報を集めることにした。

　街の中を走って見ていくが、やっぱり人はいない。街自体にも特に変わった様子はない。

　昨日の街探索の時と違うのは、人がいなくてとても静かなことだ。

「やっぱりどこにも人がいないね……」

「街も変なところはないしね」

私とアニエちゃんが言うと、フランとミシャちゃんは考え込む。

「うーん、謎だらけだ……」

「せめて大きく変わった場所でもあれば、行ってみるんですけど……」

オージェはうんうん唸っている。

「変わったところなんてなかったっすからね……人がいないのと、街の水が流れていないことくらいしか違いなんて……」

そこで、フランがぱっと顔を上げた。

「オージェ、今なんて言った？」

「人がいないって……」

「その後だよ」

「街の水が流れてないっす」

近くを流れる水路を見に行くと、確かに水が枯《か》れていた。

街の水は研究所の魔石から来ているのだと、先日の見学でマリオンさんが話していた。

ということは——

アニエちゃんが声を上げる。

「そうよ……あのクラーケンが魔石から復元されたものだったら、怪しいのは魔石研究所じゃない！」

「そうだね。すごいよ、オージェ！」

フランがオージェを褒める。

「そ、そうっすか……？」

「はい！　すごいです、オージェくん！」

ミシャちゃんにも褒められて、オージェは照れている。

「そ、そんなこと……あるっすねぇ！」

あ、これは調子乗りオージェだ。

調子づいて、洞窟の時みたいにトラブルを起こさないといいけど……。

「とにかく、魔石研究所へ行ってみるわよ！」

アニエちゃんに続いて、私たちは魔石研究所へ向かって走り出した。


研究所に着いた私たちは、中に入れそうな場所を探す。

「こっちに行けそうなところがあったっす！」

オージェに言われて、私たちは研究所裏口に集まった。

「とにかく、入ってみる？」

「うん、そうしたいんだけど……」

フランの煮えきらない答えに、アニエちゃんがむっとする。

「どうしたのよ？」

「いや……みんなは平気かい？　僕、研究所の近くに来てから、なんだか体が重く感じるんだけど……」

「もしかして、私を庇った時に……？」

アニエちゃんは心配そうにフランの顔を覗き込むが、彼は首を横に振った。

「ううん、それはサキに治してもらったから大丈夫。だけど……走りすぎて疲れたのかもしれない」

オージェが呆れたように言う。

「情けないっすねぇ。俺はピンピンしてるっすよ！」

「私はフランくんと同じで、少し体が重いです……」

ミシャちゃんもフランに同意した。

うーん……私はそんなことないけど。

よく見たら、アニエちゃんもいつもより息が上がっている気がする。

フランが気丈に振る舞う。

「とにかく入ろう。何かあるかもしれない」

私たちは研究所の裏口から中に潜入した。

「何、これ……」

私は思わず呟いた。

そこにあったのは、楕円《だえん》のガラスケースの中で薄緑の液体に浸かった、体の形が不十分な魔物と思《おぼ》しきものだった。

そして、ケースの下には魔石が一つ置いてある。

「これ、復元途中の魔物ですか……？」

ミシャちゃんの呟きに、フランが答える。

「魔石が置いてあるし、そうなんじゃないかな？」

「先に進んでみましょう」

そう言ったアニエちゃんを先頭に、私たちはさらに進んでいく。

すると、他とは明らかに違う、大がかりな機械に繋《つな》がっているガラスケースを見つけた。いや、見つけたというよりも嫌でも目に入ってしまった。

そのガラスケースの中身は……人だったのだ。

手や足が不完全であるところを見ると、おそらくこの人も復元途中なのだろう。

「ひっ……」

私は軽く悲鳴を上げてしまった。

「な、なんで人が……」

「わからない……こんな不気味なことが行われてたなんて……」

ミシャちゃんとフランも気味悪そうに見つめている。

「とにかく、普通の人を探しましょ……」

アニエちゃんがそう言いかけて、地面に手をついて座り込んでしまった。

私は慌ててしゃがむと、アニエちゃんに声をかける。

「アニエちゃん⁉」

「ご、ごめんなさい。なんだか、体が辛くて……」

すると、立て続けにフランとミシャちゃんも同じようにぺたんと座り込んだ。

「はぁはぁ……やっぱりおかしい。こんなに疲れるなんて……」

苦しそうなフラン。私は焦ってネルに尋ねる。

「ネル、どうなってるの」

『この研究所に魔力を吸い取る仕組みが施されています』

「魔力を吸い取る？」

じゃあ、なんで私とオージェは平気なの？

魔力量が多い私はともかく、オージェがバテないのはおかしい。アニエちゃんやフランの方が、オージェよりも魔力量は上なのだから。

『吸い取る魔力は雷属性《エレクト》以外の魔力のようです』

オージェの魔力は雷属性《エレクト》だから、大丈夫だったということか……。

でも、属性を識別して魔力を吸い取るって、それはそれですごいな。

いや、今はそんなことを言っている場合じゃない。

どうするか考えていると、私たちが入ってきた扉が開いて、コツコツと足音がこちらに近づいてきた。

「やばい！　誰か来たっす！」

オージェが小声で告げてくる。

誰かに会えるという意味ではよかったけど、私たち、完全に侵入者だよね……。

「みんな、立つっす！」

オージェはみんなに声をかけるが、フランが弱々しく笑って言う。

「ちょっと無理かな……」

足音がどんどん近づいてくる。

しょうがない、こうなったら……。

私は鞄についていている熊飾りに手を当てた。

「召還・クマミ！」

私はクマミを召還して、三人をその背中に乗せる作戦でいくことにした。

込める魔力量は、最初の召還でなんとなくわかっている。

クマノさんくらい大きいサイズにすれば、三人くらいいけるはずだ。

私たちの目の前に、全長二メートルくらいのクマミが現れる。

「な、なんすか!?　この熊!?」

驚くオージェの服を引っ張って、私は小声で伝える。

「いいから！　こっちに来て！」

クマミの手を借りて、私たちは近くの機械の裏に隠れた。

「ありがとう、クマミ。戻って」

クマミを魔石に戻して、私は一息ついた。

「あれは……」

機械の陰から覗いてみると、足音の正体は朝会ったレイモン所長だった。

レイモン所長は、人が復元されているガラスケースの前で立ち止まる。

「セリーヌ……もう少し……後少しだ。後少し魔力を回収できれば、君を取り戻せる。待っていてくれ……」

レイモン所長はガラスケースの中の人——名前からして女性かな——に語りかけてから、部屋を出ていった。

オージェが尋ねてくる。

「どういうことっすか？　魔力を回収って言ってたっすよ？」

「この研究所に、魔力吸収の仕組みがあるらしいよ」

オージェは納得したように頷く。

「だからフランたちはこんな感じなんっすね……でも、俺とサキはピンピンしてるっすよ？」

「雷属性《エレクト》の魔力だけは、吸収されないようになってるの」

「じゃあ、雷属性《エレクト》のある俺とサキは平気なんすね」

私は首肯《しゅこう》する。そしてすかさず尋ねる。

「うん。やっぱり、あの人が犯人なのかな？」

「決まってるっすよ！　だって、魔力を回収って言ってたんすよ！」

「それはそうなんだけど……」

あの人、悪意の眼で見ても、何も映らなかった。でも、犯人なんだよね……？

いや、真偽は後で確認すればいい。問題はこれからのことだ。

「この後、どうするっすか？」

「三人は動けなさそうだもんね……またクマミに運んでもらって外に出る？」

「そうっすね」

オージェと私は、とりあえずアニエちゃんとミシャちゃんとフランをクマミに乗せて、いったん研究所を出た。


「はぁ……ひどい目にあったわ……」

研究所から離れて魔力が回復してきたらしいアニエちゃんが、大きく息を吐いた。

「それにしても所長が犯人か……これからどうする？」

フランがみんなに尋ねると、アニエちゃんは勢い込んで言う。

「そんなの決まってるじゃない。所長さんを問い詰めるのよ」

しかし、フランは首を横に振る。

「それはなかなか厳しいね。僕たちは所長からすればただの子供だし、それに研究所の中だとサキとオージェ以外は魔法を使えないだけじゃなくて、動けもしない」

「確かにそうね……サキのクマミに頼らないと動けそうにないかも」

アニエちゃんが申し訳なさそうに言う。そこで私はみんなに提案する。

「じゃあ、クマミをみんなに預けるから、魔力吸収の謎を突き止めて……私が所長さんのところに行く」

私なら魔力を吸われないから、研究所の中でも自由に動ける。

「サキ一人で行くの⁉　危険よ！」

アニエちゃんは止めようとしてくるが、私は首を横に振る。

「大丈夫。それに……」

「それに？」

「所長さんに確かめたいことがあるから……」

私がそう言うと、フランはやれやれといった感じで微笑んだ。

「アニエ、こうなったらサキは聞かないよ」

「……それもそうね。わかったわ。でも、行く前にしっかりと作戦を立ててからよ。中には魔物だっているんだから」

それから私たちは、作戦会議を始めた。

「よし！　行くわよ！」

アニエちゃんが立ち上がる。

私たちは計画を練った後、突入作戦を開始した。

今回はクマミに加えて、ネルもアニエちゃんたちに同行してもらう。

「サキ、くれぐれも気をつけてね」

「うん、わかった」

クマミに乗ったアニエちゃんは、私にそう告げて出発した。

多めに魔力を使ってクマミを呼び出したので、しばらく魔力切れは起こさないはずだ。たぶん……。

私以外の四人が先に所長さんと遭遇《そうぐう》した場合、即座に退避、ネルが私に思念伝達で位置を伝えるという手筈《てはず》になっている。

私は四人よりも先に研究所に入り、さっきとは違う道を進み始めた。

というよりも、透視の魔眼を使って所長さんのいる方向に進んでいるだけなのだけど。

扉が開いている部屋に入る。

中には誰もいない。

この研究所、所長さん以外に人はいないのかな……。どうやって街から人を消したのかも気になる。

それにしても、所長さんが犯人だったとして、どうして最初に会った時に悪意の眼でわからなかったのだろうか。

彼は、すでにクラーケンの複数召還、街の住人の消失などの大きな事件を起こしている。

唯一の救いは壊れているところが港だけってことだけど……。

ああもう、隠れながらだとなかなか先に進まないなぁ。

あ、そうだ。森にいた時はあまり使わなかったが、あの魔法ならいけるかも。

「第三《トリル》ライト・カモフラージュ」

これは、光の屈折を使って相手の視界から自分を消す魔法だ。

森で鳥を捕まえようとした時に、姿を消せばやりやすいと思って作ったんだけど……野生の動物は足音とか匂いとか、他の感覚も鋭いから姿を消すだけじゃダメだった。

でも、人相手なら大丈夫だよね。

よくよく考えると、さっき所長さんと鉢合《はちあ》わせそうになった時も、これを使えばよかった。

私は堂々と研究所の中を歩いていく。

そして、所長さんのいる部屋の前に着いた。

ドアを開けるとバレてしまうので、私は空間魔法で部屋の中に入る。

「くそ！　なぜだ！」

突然の所長さんの大きな声が聞こえ、びっくりしてしまう。

「復元に必要な魔力は十分溜まっているはずだ！　なぜ完全に復元しない！」

モニターを見てイラつきながら、自分の脚を何度も叩く所長さん。

「街の人々だけでは足りないというのか……いや、まだ魔力は搾《しぼ》り取れるはずだ。クラーケンを一体消せば……」

やっぱり所長さんが犯人なのか……。

でも、悪意の眼は未だに何も映さない。

私は意を決して、カモフラージュの魔法を解いた。

「誰だ⁉」

所長さんは私の方を振り向き、銃のようなものを構えた。

「動かないで。そんなもの、私には効かない」

私も右手を所長さんに向ける。

「君は……魔石を提供してくれた子か。なぜだ？　今日は島に行くと聞いていたが……大規模空間魔法はあそこにも発動したはずだ」

街の人がいなくなったからくりは、フランの予想通り空間魔法みたいだ。

「洞窟にいたら飛ばなかったよ？」

「洞窟……そうか、あの短時間で最終問題まで行ったのか」

「レクリエーションのこと、知ってるの？」

私が尋ねると、所長さんは頷いた。

「あぁ、あれは観光に来る子供のために、私たちの研究所が作ったものだからな」

じゃあ、この研究所にあのムカつく問題を考えた人がいるのね。

「まあ、問題を作った人は今はいないがね」

あれ？　そうなんだ。でも、なんか含みのある言い方……。

「とにかく、街の人たちはどこにいるの……？」

「今頃、研究所の地下で全員眠っているさ。ここの下は実験施設になっていてね。詰め込めばアクアブルムの人間を収容できるだけの広さはある」

なるほど、地下ね……。

『ネル、街の人たちは地下にいるらしいよ』

『かしこまりました。今から向かいます』

私は所長さんから目を離さずに、思念伝達でネルに情報を伝えた。

「そこで魔力を集めてるの……？」

「ほぉ、そこまで知っているのか。では、もう目的もわかっているのではないかな？」

「……人の復元」

「ご名答。あのケースにいるのは、私の妻だ。妻も研究者でね、妻と共に魔石の可能性について、語り合ったものさ。私と妻はこの研究所の創立メンバーだ。だが、二年前……私たちは悲劇に見舞われたのだ」

「悲劇……？」

私は聞き返した。

「この研究所に侵入者が入った。その侵入者は妻を人質に取り、怪しげな薬を彼女に呑《の》ませ、魔物化を引き起こさせた」

魔物化の薬……!?　それは以前、ママのお母様――シャロン様に毒を呑ませようとした医者や、クラス対抗戦の時のアンドレが使用していたものだ。また、クマノさんが打たれたものでもある。魔物化の薬は、人間や動物が心臓で作り出している魔力の量を急上昇させることで、心臓に魔力結晶を作る。これに覆《おお》われると、心臓が魔石化して魔物になってしまうのだ。

でも、二年前から薬が出回っていたなんて……。

あの薬は相当な時間をかけて作られて、今も裏で実験や開発が進んでいるに違いない。

「そして、妻は……セリーヌは自分の魔力を抑えきれず自らに魔法を放ち自殺した。残ったのは魔石だけだ。それから私は誓ったのだ！　セリーヌの魔石から必ず彼女を復活させると！　たとえそれが、神に許されぬ行為だったとしても！」

そうか。この人は、妻のセリーヌさんのためにこんなことを……。

だから、悪意の眼では悪意が見えなかったのだ。だって、大切な人を助けるのに悪意なんて必要ないから。

でも、そうだったとしても――

「こんなやり方、よくない……」

「黙れ！　お前のような子供に何がわかる！　幸せを突然奪われた者の気持ちが……お前にわかるのか!?」

激昂《げきこう》する所長さん。私は首を横に振る。

「わからない。でも、自分勝手な都合で他人を巻き込むのも、傷つけるのも、間違ってるのはわかる……」

「そんなきれいごとでセリーヌが取り戻せるのなら、私だってこんなことはしなかった！」

「私はあなたを責めたりしない。だけど、私の大切な人々を傷つけるのは許さない！」

「黙れ！　黙れ黙れ！　黙れぇー！」

所長さんは叫びながら、私に向けていた銃の引き金を引いた。

◆

「うぅ……やっぱり魔力吸収されてると辛い……」

アニエがぼやいた。

サキと別れた後、俺、オージェは、この魔力吸収のシステムを止めようと動いていた。

「ほんとに体が重い……クマミちゃん、私、重かったらごめんなさい……」

「はは……噂には聞いてたけど、魔力切れが近いとネガティブになるってほんとなんだね。相変わらずオージェは平気そうだけど」

こちらに弱々しい顔を向けるのは、クマミの背に乗るミシャとフラン。

かなりしんどそうっすね。

みんなには普段から特訓でコテンパンにされている分、一人だけ動けている自分に少し優越感を覚えるっす。

『そこの階段を下りてください』

サキのパートナーであるネルがそう指示を出したので俺が階段を下りると、クマミもしっかりついてきた。

それにしても、サキのクマミはすごいっす。

俺も魔石を手に入れれば、こんな感じのパートナーができるんすかね？

あの有名な勇者様も、狼のパートナーと共に旅に出たって聞いたことがあるっす。

いいなぁ、パートナー……俺も欲しいっす！

「オージェ、ぶつかるわよ……」

「ふぎゃっ！」

クマミを見ていたら、階段の折り返しで壁に衝突したっす……。

「ちょっと、しっかりしてよ……今はあんたしか動けないんだから」

「ごめんっす……」

アニエに頭を下げると、フランが尋ねてくる。

「何か考え事かい？」

「いやぁ、俺も魔石を手に入れたら、クマミみたいなパートナーを召還できるのかなって考えてたっす」

俺はぶつけた鼻を押さえながら、また階段を下りていく。

「でもまあ、確かにパートナーは欲しいわね。私は鳥がいいわ。背中に乗って飛んでみたい」

「アニエちゃんらしいですね。私は兎《うさぎ》とかがいいですね……」

「兎かぁ……でも、仮に魔力をたくさん注いで大きくしても、背中に乗ると酔いそうだね……」

なんか、動けないのに三人共、余裕っすね……。

でも、こういう話をしていれば、緊張が和《やわ》らぐのかもしれないっす。

俺はフランに尋ねる。

「フランは、どんなパートナーがいいっすか？」

「僕かい？　そうだね……アニエと同じ鳥なんかもいいけど、ネルみたいな猫もいいね。アネットが好きなんだ、猫。オージェは何かあるのかい？」

「俺はやっぱり、勇者様と同じ狼がいいっす！」

俺の言葉を聞いて、アニエはため息をつき、ミシャは力なく笑った。

「言うと思ったわ……」

「ですね……私も思いました」

「いいじゃないっすか！　かっこいいっすよ！　狼！」

俺がそう言うと、クマミが鼻を鳴らした。

「ほら、熊だってかっこいいってクマミが怒ってるわよ」

「なんでっすか!?」

なんか理不尽っす……俺が肩を落としていると、ネルが告げる。

『皆様、そろそろ広い部屋に出ます。人はいないようですが、複数の生体反応があります。お気をつけください』

「え⁉　生体反応ってもしかして……」

ネルが断言する。

『はい。復元魔物です』

「オージェ、頼んだよ……」

「こんな時くらい頑張りなさい」

「オージェくん、無理はしないでね……」

フランもアニエもミシャも、俺に丸投げっすか⁉　いや、動けないのは知ってたっすけど……複数いるんすよね⁉

せめて、何体いるのかだけでも教えてほしいっす！　無駄に緊張が増すっすよ！

階段を下りきってしまうと、そこには扉があった。

ネルが再び思念伝達を使う。

『中にいるのは復元された魔物のため、自分で魔力を生成することは苦手です。魔法攻撃をしてくる可能性は少ないと考えられますが、単純な物理攻撃にはご注意ください』

「いや、そんなこと言われたって、どう注意すればいいっすか⁉」

俺は心配になって尋ねると――

「あんたならできるから、行ってきなさいよ……」

アニエがアニエらしくない言葉をかけてきた。

「え？」

フランとミシャも頷いている。

「そうそう、オージェならこのくらい余裕だって」

「そうですよ。オージェくんは毎日、誰と組み手や模擬戦をしてるか……思い出してください」

「誰とって、そりゃ、サキっすよ」

俺が答えると、アニエがにやりと笑う。

「その復元魔物が、サキより強いと思ってんの？」

フランも、笑みを浮かべて言う。

「はは……そんなのがいたら、間違いなく僕たちの作戦ミスだね」

「でも、俺はサキに勝ったことなんて……」

そう、俺は一度もサキに勝ったことがない。だから、魔物がサキより弱くてもなんの保証にもならない。

「大丈夫ですよ。組み手なら、この中の誰よりも、オージェくんがサキちゃんと張り合えています……だから、頑張って」

ミシャがここまで言ってくれている。

俺は……俺は……！

「ま、任せろっす！　この部屋の魔物、瞬殺してくるっすよ！」

なけなしの勇気を振り絞って宣言した。

「あんまり、調子に乗っちゃダメよ……」

「背後とかにも気をつけて」

「わかってるっす！」

アニエとフランの言葉を背に、俺は意を決して部屋の中に飛び込む。

中には猪《いのしし》、狼、熊の魔物が全部で六匹！　俺が入ると同時に、六匹の目がこちらに向く。

「雷電纏《エレクトウエア》！」

俺はスキルを発動する。

そうっす……雷を纏うこのスキルも体術も、あのサキに教わった一級品。たとえ俺に何も才能がなくたって、戦えるはずっす！

まずは狼が飛び込んできた。

やっぱり怖い……でも、ふとサキの教えを思い出した。

突進してくる相手に対して、自分も動くのは下策《げさく》。

相手が突っ込んでくるだけとわかっているのなら、まずは落ち着いて相手を見る。

そして、相手が攻撃を仕掛けてくる直前、最小の動きで避ける！

俺は狼の突進を右に避けて、一発殴る。

ネルの情報によれば、魔石は心臓に近い位置にあるらしい。

だから、なんとなく心臓がありそうな場所を攻撃してみた。

狼は、少しよろよろとした後に倒れた。

「次、来いっす！」

次は熊だ。

クマミよりも大きいんじゃないっすか、こいつ⁉

熊は後ろ脚で立ち上がって、体全体で俺を潰《つぶ》そうとする。

自分より大きくて力が強い相手には、速さで勝負っす！

雷電纏《エレクトウェア》を使うと俺の動きは速くなる。ただ押し潰そうとする熊の攻撃なんて、簡単に避けられるっす。

俺は熊の後ろに回り込んで、雷を纏った拳で殴っていく。

しかし、なかなか倒れない。

熊の心臓に当てられなかった……？　それとも力が足りないっすか？

熊がこちらを振り向いて、腕を振る。

俺はいったん距離を取って、構えた。

俺の雷電纏《エレクトウェア》は速さと力を上げる技……その攻撃を受けても、この熊は倒れなかった。

その後も何度も攻撃を打ち込むけど、熊は何度も立ち上がる。

サキならこういう時、遠距離攻撃の魔法を試すとか言いそうっすけど、俺はそういう攻撃魔法が苦手っす。

俺の魔法は距離が出ないし、スピードもない……だから、雷電纏《エレクトウェア》を身につけた時は自分にしかできない技ができて嬉しかった。

同い年でこのスキルに対抗できるのは、サキ、フラン、アニエ、ミシャの四人だけ。でもみんな、サキに魔法や戦い方を習っているんだからしょうがないし、それでいいって思ってた。

だけど、それじゃダメだったっす。

みんなの他にこの技に対応できるやつが来た時、俺は役立たずじゃないっすか……。

負けるのが当たり前じゃない。対応されたなら、こっちもどうにかして対応しなきゃいけないっす。

魔物たちは動きを止めてくれない。

俺が熊の攻撃を避けた先に、猪が突進してきた。

それに気が付かなかった俺は、猪の突進を背中にまともに受けてしまった。

「ぐあっ！」

俺は熊の目の前に吹っ飛ばされる。

熊はそのまま左手を上げ、振り下ろしてくる。

「エ、雷電纏《エレクトウェア》！」

ギリギリで雷電纏《エレクトウェア》を使って回避する。

熊と猪以外の魔物はどういうわけか、俺のことを襲ってこないで見てるだけ。俺はまず、この熊と猪を倒す方法を考えればよさそうだ。

熊は動きが遅いけど、力が強そうっす……あの腕は絶対に避けなきゃいけないっす。

猪は動きは単調でも、勢いのついた突進の強さは身に染みたっす。

どうする……？　熊はまだ倒す方法が思いつかない。先に猪を倒すっすか？

いや、さっきの逆で猪に集中している間に熊に襲われたら、ひとたまりもない。

うぅ、背中が痛いっす……攻撃を避けるたびに痛みが襲ってくるっす……。

何か……何かないっすか？　サキが教えてくれたことを思い出すっす……。

この雷電纏《エレクトウェア》だって、サキとの話から生まれたんす。熊を倒すために、攻撃の威力を上げる何かを——

考えつつ、猪の突進と熊の攻撃を避け続ける。

この二匹以外にも魔物はまだ残っている。早くこの二匹を倒さないと俺の魔力がもたないっす……。

他に何か武器でもあれば……ん？　武器？

ふと、サキと電気を使った武器の話をしたことを思い出した。


「スタンガン……っすか？」

「うん、片手で持てるくらいの大きさで、ボタンを押すと電気が出て……その武器を体に押しつけられた相手がビリビリ〜ってなって、気絶しちゃうの」

「へー、そんな武器があるんすね。でも、相手を気絶させるって相当な強さの電気なんじゃないっすか？」

「たぶん……？　私も見たことないから……」

スタンガン……確か、相手に押しつけて電気を流す魔法武器っす。

そうだ、俺自身が電気を纏っているんすから、触れた相手に電気を流せばいいんすよ！

そうすれば、打撃攻撃と電気攻撃が同時にできるはず！

それに、サキの武術で一つだけ俺にも使えるのがあるんす。それと合わせれば……。

でも、効かなかったら……いや、俺にはフランみたいな頭脳も、アニエみたいな魔法の才能も、ミシャみたいな魔力操作の技術もない。効かなかった時のことを考えたって、しょうがないっす！

俺は馬鹿だから……才能なんてないから、思いついたことを上手くいくまで何回でも試してやるっすよ！

俺はあえて熊の前に立ち、攻撃を避けて横に回り込んだ。

「いくっす！　サキ直伝！　【燦々直射《さんさんちょくしゃ》】！」

熊の脇腹に、掌打を打ち込む。

でも、これだけじゃ終わらないっす！

「食らえっす！」

熊に打ち込んだ右手にそのまま魔力を集中して、雷電纏《エレクトウェア》の電気を熊に流す。

バリバリという激しい音を立てて、右手から熊に電気が通る手応えを感じた。

「やったっすか⁉」

俺は突進してくる猪を避けつつ、熊を見る。

脚の力が抜けたのか、熊はゆっくりと倒れた。

◆

「ネル……中はどう？」

オージェが魔物と戦っているだろう部屋のすぐ外で、私、アニエは尋ねた。

フランとミシャは、クマミの上でぐったりしている。

サキの話によれば、ネルはサキと同じスキルを使えるらしいので、部屋の中も透視できるはずだ。

『はい、アニエ様。現在、オージェ様が熊の魔物を倒しました。しかしこれは……』

「どうかしたのかい……？」

フランが心配そうに聞くと、ネルは答える。

『オージェ様が使用した技は、サキ様の魔剣術《まけんじゅつ》スキルに近いもののようです』

ミシャが驚きの表情を浮かべる。

「それって、武術スキルと魔法スキルを同時に使うっていう……サキちゃんにしか使えないスキルですよね？」

『その通りです。この世界でサキ様にしか使えないスキルです。仮にあの技が、魔法スキルと武術スキルを同時発動したものなら、オージェ様は世界で二人目のスキル同時発動可能な魔術師ということになります』

「世界で二人目かぁ……でも、オージェならやりそうだね」

「ふふふ……いつか大物になりそうですよね」

「あいつ、馬鹿だからなぁ。考え方も、真面目さも。馬鹿真面目ってやつよ」

フランもミシャも、私さえもどこか納得していた。

オージェは考えるのは苦手だけど、判断スピードは私たちの中でサキの次に速い。

今は模擬戦の戦績は一番下だ。

組み手や模擬戦をやっていても、複雑に考えることを嫌がって、体ばっかり鍛えている。

だけど、いつか考えることから逃げずに向き合える時が来たら、きっと私たちの中で一番厄介な相手になる。

「次に模擬戦をするのが楽しみね……」

私が言うと、フランとミシャも笑みを浮かべる。

「そうだね、今から対策を練らないと……」

「いよいよ、私が最下位ですかぁ……」

私はミシャの背中を叩く。

「何言ってるのよ、ミシャだって負けちゃダメよ？」

「そうですが、相性が……」

しばらくおしゃべりをしていると、ぼろぼろのオージェが扉から出てきた。

「全部……倒したっすよ……」

「お疲れ様、オージェ」

「怪我は大丈夫ですか？」

「あんたにしてはよくやったじゃない」

フラン、ミシャ、私の順で声をかける。

「このくらい……余裕っすよ！」

オージェはそう言って笑った。

あー、これは相当我慢してるわね。

早く私たちも動けるようにならないと……。

「よし、先に進むわよ。私たちが回復したら休ませてあげるから、もう少し頑張って」

「……わかったっすよ」

オージェは自分が強がってるのがバレたと察して、クマミに片手をつきながら歩き出した。

部屋に入ると六匹の魔物が倒れている。

これは、いよいよオージェの評価を改めなきゃいけないわね。

まあ、本人もぼろぼろになってるけど。

「どうしたんすか……？」

「……あんたも強くなったわね」

「ど、どうしたんすか、アニエ!?　はっ……これも魔力切れのせい……ぐえっ！」

私はクマミの上から、オージェに軽く蹴りを入れた。

「たまに褒めてやれば……失礼なやつね」

「俺、一応怪我人っすよ……そんなに元気なら、クマミの背中を譲ってほしいっす……」

それほど強く蹴っていないのにこの痛がりよう……オージェは相当やばいわね。

私は悪かったわよと、一言謝った。

5　最高の友達

研究所の所長室――

所長さんが銃の引き金を引き、私に向かって弾丸が飛んでくる。

しかし弾丸は私が手を前に出した時に張っておいたバリアにより弾かれた。

「な、何⁉」

「だから言ったでしょ。私には効かないって……」

「くそ！」

所長さんは銃を投げて、違う武器を取り出そうとしたのか、白衣のポケットに手を入れる。

でも、それを待ってあげるほど、私ものんびり屋さんじゃない。

私は魔力を足に集中し、一瞬で所長さんとの距離を詰めて、所長さんを押し倒す。

「ぐお！」

「バレットオープン」

そして炎の弾を浮かべた指先を、倒れたままの所長さんに向ける。

「痛い思いをしたくなかったら、質問に答えて」

「なんだ、何が聞きたい……？」

私は、私の下で横たわる所長さんに気になっていたことを尋ねる。

「どうやって、街全体を対象にできるような大規模空間魔法を使ったの？」

するとすると所長さんは淡々と答える。

「……この研究所の魔石から流れる水には、魔力が込められていてね。その魔力を使って空間魔法を発動したのだよ。街には至るところに水路があるから、街の人間を研究所の地下に飛ばすくらいは簡単なのさ。島も同様だ。あの島には風の魔石があり、島の中心から魔力が混じった風が吹いているから、その魔力を使ったのだ。まあ、洞窟には効果がなかったようだがね」

私は質問を続ける。

「なんのために、クラーケンを復元したの？」

「……クラーケンがいれば、街に近づきにくくなるだろう。セリーヌを復活させるまでは、誰にも邪魔されるわけにはいかなかった」

「複数のクラーケンをどうやって出したの？　魔石は一つしかないはずでしょ」

「マリオンの研究で、復元に足る魔力を魔石に注げば、持続時間、大きさ、そして数さえもコントロールできることがわかった。それだけだ」

この人は、こんなに頭がいいのに、あの魔物化の薬のせいで人生が変わってしまったんだ……。

もっと違う道があったはずなのに。

「最後に聞かせて。奥さんを復元したとして、維持する魔力はどうするつもりだったの？」

「……これを使うのさ」

そう言って所長さんは、ポケットから紫色の液体が入った試験管を取り出した。

「それは……!?」

見間違えるはずがない。それは、クラス対抗戦の時にアンドレが呑んだものだ。

そして、クマノさんを魔物に変えた薬でもある。

「妻を殺《あや》め、私の人生を狂わせた薬だ。侵入者が一本落としていったのだよ。妻が復活した後に、私はこの薬を使って魔物化し、溢れる魔力を全て妻の維持に使うつもりだ。理論上では、私の命と引き換えに、妻は女性の平均寿命まで生きられるはずだ！」

「そんなことをして、セリーヌさんが喜ぶと思ってるの……？」

「わからない……だが、私は耐えられないのだ。この灰色の日々が……セリーヌのいない日々が。あの時セリーヌではなく、私が捕まっていれば……そう考えなかった日は、一度たりともなかった。セリーヌが復元された後は、私は研究所の魔力吸収装置を切り、命と引き換えにセリーヌを維持する。街の住人は魔力が戻り次第、目を覚ます。だから、邪魔をしないでくれ……頼む……」

私は、どうすることが正解なのだろうか。

所長さんは抵抗することを諦《あきら》めているのか、倒れたまま動こうとしない。

彼の気持ちを、折りたくはない。

でも、きっとセリーヌさんは、こんなやり方を望んでいない。

だって、所長さんが死んでしまえば、セリーヌさんが一人になってしまうのだから。

「やらせない。セリーヌさんも、愛するあなたを殺して生きたいなんて思わないよ……」

私はきっぱりと言った。

「……！」

「全てが計画通りに進んだとしても、セリーヌさんは、あなたがいない世界に絶望する。あなたが今、灰色の日々を過ごしているなら、同じ日々を過ごすセリーヌさんが悲しまないわけがない」

「……」

所長さんは考えるように黙り込んでいる。

この人は、ずっと自分を責めてきたんだろう。

クマノさんを殺した私のように。

あの時、自分が代わりになれたならと、そう思っている。

でも、だからって自分の命を捨てちゃダメなんだ。

誰かを犠牲にして得た人生を歩む人は、きっと同じように自らを責めて生きていくことになるから……。

「それに、私の友達が魔力吸収の装置を止める。こんな計画は、もうおしまい……」

「そうか……」

私が上からどいても、所長さんは起き上がろうとしなかった。

これでよかったのだろうか。

セリーヌさんを生き返らせることができたかもしれないのに、彼女が幸せになれないと考えて邪魔をしてしまった。

それに所長さんの計画は、街の人に迷惑がかかる程度で人を生き返らせることができるというすごいものだ。

目的を達成したはずなのに、私の心はなんだかもやもやしたままだった。

私は所長さんに言う。

「早くクラーケンを消して」

「慌てなくても、君の友達とやらが魔力吸収の装置を止めれば、魔力が足りなくなってクラーケン二体は消える」

ちょっと待って……今二体って言った？　確か私たちが見たのは、街に二体、島に一体だ。

つまり、合計三体のはず。

「街の二体だけじゃなくて、島のやつも……」

「……？　何を言っているんだ？　私が放ったのは、街と島の港に一体ずつだ」

「そんなわけない。私は街に二体いるのを見た」

「何？　私は、セリーヌを復元する魔力を残すために、復元するクラーケンを二体にしたのだぞ」

嘘を言っているようには見えない……そもそも計画を止められている今、所長さんに嘘を言うメリットはない。

すると、所長さんは急に青い顔になった。

「まさか……魔物の群れ行動が起きたというのか⁉」

「群れ行動……？」

「魔物は、同じ種族や属性の魔物を見つけると群れを作る習性があるんだ。君たちが見たのは、おそらく私の復元したクラーケンに引き寄せられた、本物のクラーケンだ」

まさかのご本人登場⁉

え、やばくない？　さっき島で遭遇した復元されたクラーケンですら倒せなかったんだけど⁉

所長さんは頭を抱える。

「なんということだ……過去にクラーケンが現れた時は勇者が倒したのだが、その時でさえ街はほぼ破壊され、怪我人も大勢出たと記録に残っているというのに……」

「ちょっと待って。もしかして今魔力吸収装置を切って、海にいる復元体が消えたら……」

「本物のクラーケンは復元体に引き寄せられているわけだから、その後どういう行動に出るかはわからない。街を襲う可能性だって……」

待って！　今ネルたちが魔力吸収装置を切りに行ってる……。

その時、ネルから思念伝達が届いた。

『サキ様、魔力吸収装置の停止に成功いたしました』

やっちゃったー！

「吸収装置を止めちゃった……！」

「なんだと……」

するとと、所長さんの声を遮《さえぎ》るように、外から建物が崩れる音が聞こえてきた。

まずいまずい……！　なんとかしないと、地下で眠らされている人々が目覚めた時に街が壊れているという最悪の事態になってしまう。

『サキ様？　どうかされましたか？』

とりあえず、ネルたちに来てもらおう！

私は思念伝達をネルに飛ばす。

『ネル！　魔力を使っていいから、みんなでこっちに飛んできて！』

『か、かしこまりました』

ネルが返事をした瞬間、みんなを乗せたクマミが目の前にテレポートしてきた。

「みんな、聞いて」

突然のテレポートに戸惑うみんなに、私は今発覚した事実を伝えた。

「や、やばいじゃないっすか！」

「クラーケンを私たちでなんとかするんですか……？」

不安がるオージェとミシャちゃん。フランが冷静に言う。

「みんな、いったん落ち着こう。まずは王都と連絡を取って、大人に指示を仰《あお》ぐべきだよ。今動けるのは、僕らだけみたいだしね」

しかし、アニエちゃんは違う意見のようだ。

「そんな悠長なことを言ってる場合？　もうクラーケンは街に上がっているかもしれない。ここで何か手を打たないと、街の被害はどんどんと増えていくわよ」

みんな色々考えてる……。

たぶん、私が本気を出せばクラーケンを倒せる。

そうすれば問題は解決するけど……みんなは私のことをどう思うかな。

私が全属性の魔法を第九級まで使えることを知っているのは、公爵家の大人たちだけ。

みんなは私を、なんとなく強いくらいにしか感じていないだろう。

クラーケンは、話を聞く限り、勇者ですら多くの犠牲を出してなんとか倒した化け物だ。

それを倒したとなれば、私が化け物扱いされてもおかしくない。

そのせいで、せっかくできた友達が離れていってしまうのが、何よりも怖い。

フランとアニエちゃんの話し合いはヒートアップしている。

「じゃあどうするのさ！　クラーケンはサキでも倒せないって、さっきわかっただろう!?」

「私たち全員でやればわからないじゃない！」

「オージェは怪我がひどいんだ！　これ以上は無理をさせられない！」

どうしよう……所長さんは使い物にならないし。

「いや、俺ならまだいけるっすよ！」

オージェは強がりを言うが、ミシャちゃんが止める。

「何言ってるんですか！　そんなに怪我してるのに！」

よく見れば、オージェはボロボロだ。

彼には後で回復魔法を使うとして……まずはクラーケンだ。

先ほどよりさらに大きな音が、外から聞こえてくる。

このままだとみんなも危ない。しょうがないか……。

私は考えている暇はないと、決意を固めた。

「みんな、聞いて」

私が呼びかけると、みんなは静かにこちらを見た。

意を決して口を開く。

「クラーケンは、私が倒す……」

「な、何言ってるの！　さっき倒せなかったじゃない！　私たち全員でやれば足止めくらいは……」

私は首を横に振って、アニエちゃんに言う。

「倒せるの、私なら」

「え……？」

私は両手でぎゅっとスカートを握る。

自分のことを話すのが怖い。

みんなとのこれまでの関係を崩したくない。

でも、やらなくちゃ……私がみんなを守らなきゃ。

「私ね、みんなの前では、手加減してたの……でも、みんなのことを馬鹿にしてたわけじゃない。

それは本当」

みんなが何も言わないから、私は話を続ける。

「私、みんなに嫌われたくなくて……本気出すと、みんなに変な目で見られちゃうんじゃないかって怖くて……言えなくて……」

私が俯《うつむ》いていると、アニエちゃんが私の前まで歩いてきた。

彼女の表情はわからないけど、怒っているように感じる。

「サキ……あなた、それ本気で言ってるの？」

「ご、ごめんね……ほんとにみんなを馬鹿になんて……」

「違うわ！　そこじゃない！」

「ひっ……」

アニエちゃんは両手で私の頬を挟んで、顔をグイッと上に向ける。

「私たちをみくびらないで！　サキがどんなに強くても、サキがどんなに現実離れしてても、私たちはサキのことを変な目でなんて見ないわ！　サキは私の大切な友達！　私たちの大事なチームメイトよ！」

「……！」

アニエちゃんはまっすぐに私の目を見ている。

フランとミシャちゃんとオージェも頷いている。

「そうだね。サキがどんなに強くても、友達でいられない理由にはならないかな。それに、サキがめちゃくちゃなのはいつものことだし」

「ふふふ……そんな心配をしてるなんて、サキちゃんはやっぱり優しいですね。そんなところも可愛いです」

「本気じゃないってことは、まだまだ強くなるんすね。どんなに強くても、いつか勝ってやるっすから、覚悟しとくっすよ！」

「みんな……」

溢れてくる涙を抑えられない。

あぁ……私はなんていい友達に出会えたのだろうか。

私のどんな姿を見ても変わらずに友達でいると、まっすぐに伝えてくれる……こんなに嬉しいことはない。

「もう、サキ。そんなに泣かないで」

「うん……」

さっきまで怒っていたアニエちゃんが微笑んで、私の頭を撫でる。

フランが横から心配そうに声をかけてくる。

「サキ、無理をしなくてもいいんだよ？」

「ううん……大丈夫……」

「ほら、サキちゃん。可愛いお顔が台無しですよ？」

ミシャちゃんは、ハンカチで涙を拭《ふ》いてくれた。

「ありがと……」

オージェはいつものようにニカッと笑って、私の背中を軽く叩く。

「サキ、次は本気で組み手をしたいっすよ！」

「……任せて」

私はこんなに幸せでいいのだろうか……。

みんなが私のことを支えてくれる。みんなが私を友達って言ってくれる。

今なら誰にも負けない気がするよ。

心の底から力が溢れてくる……そんな感覚がある。

「さて、私たちのエースは本気で今からクラーケンを倒しに行くつもりなのよね？」

アニエちゃんが尋ねてきたので、私は力強く頷いた。

「みんなには指一本……いや、脚一本でも近づけさせない……」

「それは頼もしいね。それじゃあ、僕たちは研究所の外まで見送るよ」

フランはそう言って笑った。

それから私たちは、全員で研究所の外に出る。

「サキ、ここの地下にいる人たちが起きたら、僕たちから説明しておくから」

「うん……フラン、よろしくね」

「サキちゃん、気をつけてね」

「サキ、気合いっすよ！」

「わかってる……絶対に負けない」

ミシャちゃんとオージェにも頷いてみせる。

「サキ……」

みんなに声をかけてもらった後、アニエちゃんが私に抱きついてきた。

「信じてるから」

「うん、待ってて」

私は笑顔でアニエちゃんに応える。

「よし！　行ってきなさい！」

「行ってきます……！」

私はクマミを熊飾りに戻し、みんなに見送られて、街の中にいるクラーケンの前まで空間魔法でテレポートした。


クラーケンの目の前に来た私は、かなり驚いた。

なぜなら、目の前にいる魔物は、島で戦った個体よりも遥《はる》かに大きかったからだ。

前の世界でスカイツリーを見上げた時、こんな感じだったかも。

クラーケンが動き出した。

私は潰されないように飛脚で距離を取る。

「ネル！　なんかさっき見た時よりも、クラーケンが大きくなってる気がするんだけど!?」

『おそらく、群れ行動により魔石の魔力が高まり、クラーケンの大きさに影響したと考えられます』

復元した魔物でなくても、魔石に宿る魔力の量で大きさは変わるのか。

仲間と会ってテンションが上がったみたいな感じなのかな。可愛いけど、今はそんなことしなくてよかったよ！

私は透視の魔眼で、クラーケンの中を見る。魔石は見えるけど、位置が高すぎて狙いを定めるのが難しそうだ。

体が大きくなって、脚の長さや硬さも増しているだろうし……どうやって倒そう？

そもそも、魔石はとても頑丈《がんじょう》なものだ。

クマノさんの時も、第九《ノナル》フレアを使ったのに、魔石は残っていた。

魔法が届いたとしても、私の魔法では魔石を破壊するのは無理かもしれない。

「うわっ！」

距離を取ったつもりが、気が付けばクラーケンが脚の届く位置まで迫っていた。

「二重付与《ダブルエンチャント》・エレクトバレット。第四《クアル》ユニク・バレットショット！」

私は雷《エレクト》属性の弾を四つほど出して、クラーケンに撃ってみる。

弾は当たったけど、何も感じてなさそうだな……。

そう思った直後、クラーケンの動きが変わった。

今まで前に進むだけだったクラーケンの脚が、私目がけて振り下ろされたのだ。

「ご、ごめん！　痛かったんだ⁉」

私は空間魔法や飛脚を使って脚を避けるが、大きさが大きさなだけにすぐに追いつかれて、距離を取れない。

あ、でも私が狙われているなら……。

私は空間魔法で海側にテレポートして、もう一度エレクトバレットをクラーケンに撃ち込む。すると予想通り、クラーケンは進行方向を変えた。

これなら、街に被害は出ないでしょ。

後はなんとかクラーケンの魔石の高さまで行ければ……。

だけど、あんなところまでは跳べないし、空間魔法を使うにしても、テレポート先の足場に不安が残る。落下しながら落ち着いて攻撃できるとも思えないし……。

ん？　そういえば魔物を召還する時は、魔力量によって大きさ、持続時間、数を変えることができるって所長さんが言っていたな。ということは……。

考えている余裕はない！　やってみよう！

「召還《サモン》！　クマミー！」

私は魔力をありったけ込めて、クマミを呼んだ。

熊飾りが激しく光り、私は眩《まぶ》しすぎて目を閉じた。

光が収まって再び目を開けた時、私は大きなクマミの頭に乗っていた。目の前にはクラーケンの頭が見える。

クマミの頭から下を覗くと、高すぎて少し怖い……。

その時、クマミの体が大きく揺れた。私は落ちないように、なんとかクマミの頭につかまる。

下をもう一度見ると、クラーケンが二本の脚をクマミに絡めていた。

「ク、クマミ！　なんとか振りほどいて！」

クマミは私の指示に従い、脚から逃れようとするが、クラーケンもクマミを放さない。

迷っている時間はない。

この短時間で確実にクラーケンを倒すには――

「ネル！　あれをやるわ！　クラーケンと相性のいい属性は何!?」

私は揺れるクマミの頭の上で、立ち上がる。

『クラーケンには雷属性《エレクト》が有効です』

「わかった！」

今から使おうとしているスキルは、私の数ある魔法の中でもとっておき。

生み出したものの、威力が強すぎて使うところなんてないと思っていたくらいだ。

もう少し揺れが小さくならないかな……いや、そんなことを考えている場合ではない。

「二重付与《ダブルエンチャント》・【嵐天暴雨《らんてんぼうう》】！」

嵐天暴雨は、風と水の魔力によって雨を降らせる魔法。

私が手を上げるとだんだんと雨雲が生まれて、クラーケンとクマミがいるところにだけ、雨が降り始める。

ネルによると、この世界で起きる自然現象というのは全て、自然の持つ魔力が引き起こしているらしい。

そして、自然の魔力で起こる自然現象は、人間が使う魔法とは比べものにならないほど強い力を持つ。

さらに自然現象によって、本来そこに存在しない魔力が生み出されることがある。

例えば、水と風の魔力によって発生した雨雲に雷の魔力が宿る、などだ。

私たちの上空にできた雨雲は、雨と共にごろごろと音を立て始める。

「ネル！　タイミングを教えて！　二重付与《ダブルエンチャント》・光刃！」

私はいつもより多めに魔力を込めて光刃を発動し、まっすぐ雨雲へ向ける。

クマミ、もう少しだよ。後ちょっと耐えて……。

私はクラーケンの脚と戦うクマミに祈りながら、ネルからの合図を待つ。

『……今です』

「いくよ！　自然付与《ネイチャーエンチャント》・【大光刃《だいこうじん》・雷纏《らいてん》】！」

私は飛脚を使って、クマミの頭から勢いよく跳んだ。

そして、私がクラーケンに光刃を振り下ろす瞬間、激しい音と共に雷が光刃へ落ちる。

雷を纏った光刃を、私はクラーケンの魔石めがけて振り下ろした。

直後、落雷にも負けない大きな音を立てて、私の光刃がクラーケンの体を引き裂いていった。

よし、見えた！　クラーケンの魔石だ！

「第三《トリル》ディジョン・スティール！」

空間魔法で魔石を回収する。

クラーケンは魔石を抜き取られたせいで動けなくなり、そのまま海の方へ倒れていった。

私は倒れるクラーケンを見ながら、ふとあることに気付く。

どうやって着地しよう……やばい、魔力を使いすぎて頭が回らない。

いやぁ、さすがに女神様の加護があっても、スカイツリーくらいの高さから落ちたら死ぬよね。

どうやって衝撃を抑えようかと考えている時、私は何か柔《やわ》らかいものの上に着地した。

何これ、ふかふか……こんなベッドが欲しいかも。

って、そんな呑気《のんき》にしている場合ではない。

なんだこれは？　不思議に思って辺りを見回すと、上に大きなクマミの顔が見えた。

あぁ、クマミが私を助けてくれたのか。じゃあこれは、クマミの肉球？

なんて幸せな柔らかさなの……。

「クマミ、ありがと。このまま小さくなれる？」

クマミは頷くような動きをすると、だんだん小さくなっていった。地面に近づいたところで、私は降りる。

いつものサイズに戻ったクマミが頭を私にすり寄せてくるので、撫でる。

「サキー！」

街の方からアニエちゃんが走ってくる。

「サキ、無事？　怪我はない？」

「うん、大丈夫」

「よかったわ……それにしてもすごいわね、あの魔法。この熊もあんなに大きくなって」

ん？　待って……アニエちゃんはクマミを知っているはずなのに、この熊なんて言うのはおかしくないかな？

そういえば、他のみんなはどうしたんだろう。

研究所の地下にいた人たちは、もう目が覚めたのだろうか。

それに、フランがみんなに事情を説明すると言っていたはず。さすがに早すぎないかな。

なんか変だ……。

私はアニエちゃんに尋ねる。

「アニエちゃん、所長さんの怪我は大丈夫？」

「え？　そうね。治療できる人が来たから、顔色は落ち着いてたと思うわ」

「……」

「サキ？」

「……ネル流武術スキル・【陽ノ型《ようのかた》・燦々直射《さんさんちょくしゃ》】！」

私はアニエちゃんのお腹に技を打ち込むが、彼女はそれを避けて、後ろへ大きく下がる。

「どうしてわかったの？」

アニエちゃんと思っていた人は、まったく違う声で話す。

見た目はアニエちゃんなのに、声は大人の女性のような感じだ。

女性はもう一度聞いてくる。

「私の変装は完璧だったはず。どこでわかった？」

「アニエちゃんは、クマミのことをこの熊なんて言わない。それに、所長さんは怪我なんてしてない」

「あら、私に鎌《かま》をかけたってわけ。のんびりしてるように見えて、意外と鋭いのね」

そう言うと、アニエちゃんの姿をしていた人に黒い霧《きり》がかかる。霧が晴れた時には、姿が変わっていた。

「ご機嫌よう、お嬢さん。いえ、アルベルト家のお気に入り、サキ・アメミヤちゃん」

「あなた……誰？」

「はじめまして。私は王政国家解放軍《おうせいこっかかいほうぐん》リベリオンの幹部をしている、ミシュリーヌ・ヴェルネ」

「王政国家、解放軍……？」

私は首を傾げる。

「そうね、サキちゃんにわかりやすく言うと、魔法が強い者が上に立つ今の王国の仕組みをぶっ壊すための組織……ってところかしら」

それって国家反逆のテロ組織……!?

その幹部ってことは相当やばい人なんじゃ……。

「そんな人が私になんの用……？」

「私の作戦がここ最近、何者かに邪魔されてるって聞いて、色々調べてたのよ。すると、いつも出てくるのが、アルベルト家が数ヶ月前から保護してる女の子……つまり、あなたのことだったの」

「作戦の邪魔？　身に覚えがないけど……」

「何言ってるのよぉ。散々邪魔をしてたじゃない？　森でフレルを襲わせた時も、シャロン暗殺を企《たくら》んだ時も、ブルーム家の息子を暴走させて公爵家の子供を始末しようとした時も……挙句《あげく》、前に襲ったこの研究所で誘発させたクラーケンだって倒しちゃうし……そういうことされるとお姉さん困っちゃうなぁ」

ミシュリーヌはケラケラと笑いながら言う。

つまり、今までの事件はこの人のせいで起きていたってこと……？

この人の、せいで……。

「おっと、やだなぁ。そんな怖い顔しないでよ。いや、顔よりも魔力と殺気の方が怖いか……その歳ですごいねぇ。でも……」

気付けば、ミシュリーヌが私の後ろに立っていた。

「まだまだ、発展途上ね」

「……!?」

私は慌てて距離を取る。

「あっはっは！　びっくりしないでよ。そんなにすごいことはしてないよ？」

まずい、ここで戦闘になると、ちょっと魔力が心配だ。

武術スキルならなんとかいけるかな……。

そんな私にお構いなしに、ミシュリーヌは続ける。

「そうそう、サキちゃんに会いにきた用事なんだけど……私の部下にならない？」

「え……？」

「いやー、だってここまで私の計画を邪魔できる人材は、なかなかいないから。私の部下になって、こんな国、ぶっ壊してやろうよ。それにサキちゃん、可愛いし。どう？」

この国を、ぶっ壊す……。

私の大切な人たちがいるこの国を、壊す？

「……ない」

「んー？　聞こえないよ。なんて言ったのー？　もう一回」

「させない！　この国を壊すなんて許さない！」

私はミシュリーヌへ向かって走り出す。

「ネル流武術スキル・【陽ノ型《ようのかた》・天照……】」

「それは残念」

「きゃあ！」

さっきまで目の前にいたはずのミシュリーヌが、姿を消した。次の瞬間、私はミシュリーヌの体当たりで吹っ飛ばされ、崩れた家の瓦礫《がれき》にぶつかった。

「うぅ……」

物理ダメージをカットする物理耐性のおかげで、痛みは動けないほどじゃない。

立ち上がってこの人を倒さないと……。

「あ、まだ立てるんだ。それじゃあ、これはどうかな?」

そう言ってミシュリーヌが右手を前に出すと、私は全身に圧をかけられたような感覚に襲われた。

【重力操作《グラビティコントロール》・+1《プラス》】」

これは、私がいる場所の重力を大きくしてるんだ……。

なんとか、ここから抜け出さないと……。

「ひ、ひきゃく……」

「+2《プラス》」

「あぁ!」

重力がさらに強くなり、私は地面に膝と手をつく。

魔法やスキルを使おうとしても、こんなに体が辛くては集中できない。

「それじゃあ、サキちゃん、おやすみなさい。第四《クアル》・ベ・グランドショット」

ミシュリーヌから岩の弾丸が飛んでくるが、今の私では避けられない……。

思わずギュッと目を閉じた、その時——

「雷電纏《エレクトウェア》!」

「二重付与《ダブルエンチャント》・暴風《ブラスト》!」

聞き覚えのある声がしたと思ったら、急に体が軽くなった。

「サキ！」

「サキちゃん！」

地面に手をついている私に、フランとミシャちゃんが歩み寄ってくる。

そして、アニエちゃんとオージェが私を守るように立っていた。

「あなた、サキに何してるのよ」

「そうっす！　女の人だからって許さないっすよ！」

「あらあら、頼もしいお友達が登場？　でも、残念。もう少し遊びたかったけど、時間切れ。私はこれで帰るわ。必要な情報は得たしね。バイバーイ。あ、フレルとキャロルによろしくぅー」

ミシュリーヌがそう告げると周囲に砂嵐が起き、それが消えた時には、すでに彼女の姿はなかった。

「みんな、来て……くれたんだ……」

やばい……魔力が切れかけてる上に、体のダメージも大きくて上手くしゃべれない。

「サキ!?」

でも、みんなのおかげで助かった。

私はお礼を言おうとしたけど、疲れと体の痛みに負けて、気を失った。

6　アクアブルムのその後

「ん……」

目を覚ますと、私はベッドの上にいた。ここはお屋敷でも学校の保健室でもないみたいだ。

それにしても、体が痛い……。

ミシュリーヌは強かった。

クラーケンと戦った後だったとはいえ、私はこの世界に来て初めて負けた。

なんか悔しい……。

確かに最近はネルとの特訓もサボり気味だったし、魔法の研究だって進んでいなかった。私はこの平和な環境に甘えていたのだ。自分が強くならないと大事なものを守れないって、初めてウルフに襲われた時に理解したはずだったのに……。

いや、そんなことを考えるのは後にしよう。

とりあえず、ここはどこ？

私は自分に回復魔法をかけて、部屋の窓から外を見る。どうやら、まだアクアブルムにいるようだ。クラーケンが壊した建物を、街の人たちが直している。

「サキ！」

「サキちゃん！」

ドアの方から、アニエちゃんとミシャちゃんの声が聞こえた。

二人が抱きついてくる。

その後ろから、フランとオージェも部屋に入ってきた。

「もう！　急に倒れるから心配したわよ！」

「ほんとですよ！　いつも余裕な顔のサキちゃんが、珍しくボロボロなんですもん！　心配しましたよ！」

「余裕な顔って……」

私が苦笑いしていると、フランとオージェもほっとした表情を浮かべていた。

「まあまあ、二人とも落ち着きなよ。サキもまだ疲れているだろ？」

「でも、予想より元気そうっすね」

「うん、さっき自分に回復魔法を使ったから……」

とりあえず、私はアニエちゃんとミシャちゃんを落ち着かせて、ベッドに座る。

みんなから、あの後どうなったか説明してもらった。

フランの提案で、所長さんはなんの罪にも問われなかったらしい。

クラーケンの出現を研究所で予知した所長さんは、やむなく街と島の人間を空間魔法で避難させ、彼らの魔力を使って、クラーケンを復元。

出現した本物のクラーケンに対抗したが、倒せなかったので、偶然魔法から逃れていた私がやっつけた、ということになったみたいだ。

それでも所長さんは責任を取り、所長を辞任。次の所長にマリオンさんを推薦《すいせん》したんだとか。

マリオンさんは、魔石復元の技術を復興に役立てたいって、張りきってるんだって。

街はいくつかの建物が破壊されたものの、前のクラーケン出現時より、被害はかなり少ないようだ。怪我人もおらず、魔力吸収の後遺症《こういしょう》も特にないらしい。

ちなみに、私が寝ていたのはアクアブルムの病院だ。

私は気を失ってから、丸一日寝てしまっていた。

そして今朝、私たち以外の生徒は、王都に帰ったそうだ。

アニエちゃんたちは私が心配だとごねて、私が起きるまで一緒にいられるように、先生に頼み込んだらしい。


一通り説明を聞いて、お医者さんに診《み》てもらった後、私たちは荷物が置いてある宿に戻ることにした。

しかし――

「あ、あなたがサキちゃんね！　ありがとう。あなたがクラーケンを倒してくれたんだってね」

「は、はい……」

「お、嬢ちゃんがサキちゃんかい？　こんなちっこいのに、大したもんだ！」

「いいえ、そんな……」

私は、行く先々でいろんな人に声をかけられるようになってしまった。

アクアブルムの人たちにはフランが説明したはずだが、それが効きすぎたようだ。

宿に戻る間、会う人全員に声をかけられた気がする……。

「サキも有名人ね」

「まあ、サキちゃんの可愛さをもってすれば、当然ですよ」

「ほんとにクラーケンを倒しちゃうんすからね……」

アニエちゃん、ミシャちゃん、オージェは他人事のように笑う。

「ははっ、そうだね。それより、宿に戻った後はどうする？　帰るのは明日だけど」

フランがみんなに尋ねた。

「そうね……どうする？　サキ」

アニエちゃんが私を見る。

そうだね……今回の事件で、私ももっと強くならないといけないということがわかった。

色々とやらなくちゃいけない。

でも、まずは……。

「みんなで、海に行きたい……！」

すると、みんなも笑顔で頷いてくれた。

「そうこなくちゃね！　よし、みんな、海行くわよ！」

「サキちゃんの水着が見られるんですね！」

「いや、海を楽しみにするところっすよ!?」

「ふふふ……いいじゃないか、オージェ。早く準備して行こう」

そうして私たちは、一日中海やアクアブルムの観光地を、思いっきり遊び尽くしたのだった。


翌日――

私たちは宿で荷物をまとめていた。

「さてと、みんな忘れ物はないかい？」

フランが確認した。

「大丈夫……」

「サキ、机にハンカチを忘れてるわよ」

私はアニエちゃんに言われて、気付く。

「あ……」

「ふふふ……はい、サキちゃん、どうぞ」

「ありがと……」

私はミシャちゃんからハンカチを受け取って、ポケットにしまう。

「まったく、しょうがないっすねーサキは」

「そう言うオージェも、さっきパジャマを入れ忘れてたけどね」

「なんで言うんすか、アニエ！」

それから私たちは荷物を馬車に預け、魔石研究所へ向かう。

昨日、海で遊んでいる時に、マリオンさんが顔を見せに来たのだ。

何かお礼をさせてほしいと言われて、私たちはあるお願いをしていた。

そのお願いの関係で、王都に帰る前に研究所に寄っていくことになっている。

研究所に着くと、今回は裏口じゃなくて堂々と正面入り口から入る。

「やぁ、いらっしゃい。例のものはできてるよ」

私たちはマリオンさんに案内されて、空間魔法で飛ばされた街の人たちがいた、地下の部屋へ入った。

広い部屋の中には、箱が一つ置いてあるだけだ。

「これが、お礼の品だよ」

マリオンさんはそう言って箱を開け、私たちに中を見せる。

そこには、私の熊飾りのように装飾が施された、小さな魔石がいくつかあった。

私たちはマリオンさんに、クマミみたいな復元魔物が欲しいと伝えていたのだ。

主に私以外の四人の希望だったが、私もクマミの友達が欲しかったので、マリオンさんに頼んでいた。

マリオンさんは頭をかきながら説明する。

「すまないが、希望通りの魔物の魔石がないものもあったから、僕が見繕《みつくろ》って作ったよ。気に入ってくれるといいんだけど……」

「構いません。ありがとうございます」

フランは大人の対応をしているが、他の三人は興奮を隠しきれない。

「うぉー！　これで俺にも勇者様みたいなパートナーができるんすね！」

「オージェ、うっさいわよ。勇者様くらい強くなってから言いなさい」

「私のパートナーはどんな子でしょうか……楽しみです！」

四人は早速魔石を受け取って、マリオンさんに使い方を聞く。

そして――

「「「「召還《サモン》！」」」」

四人が同時に魔物を召還した。

「わぁ！　私のパートナーはリスさんですね！　可愛いです！」

マリオンさんがミシャちゃんに解説する。

「アクアスクオロルだよ。水の扱いが上手いんだ。それから主従関係の意識が強くて、主人には人《ひと》懐《なつ》っこく従順なのが特徴だね」

「水を使えるなんて、私と一緒ですね」

ミシャちゃんは水《アクア》属性の魔法が得意だもんね。彼女が頭を撫でると、アクアスクオロルは気持ちよさそうな顔をしていた。

次はアニエちゃんだ。

「私のは鷲《わし》ね。凛々《りり》しい顔をしてて、かっこいいわ」

「フレアイーグルだ。炎の威力に秀でて、とてもプライドが高い。気に入らない相手は燃やされちゃうかもね」

アニエちゃんは、マリオンさんの言葉にふんふんと頷いた。

「なるほどね。いいわ、あなたに気に入られる魔法使いになってあげる」

アニエちゃんがそう言うと、フレアイーグルは彼女の肩に止まった。

「僕のは……燕《つばめ》かな？」

フランが首を傾げながら、マリオンさんを見る。

「すまない……君の希望は猫だったと思うんだけど、猫が魔物化した例はとても少ないんだ。うちの研究所にも魔石がなくてね」

「そうなんですか。でも、鳥でもいいと思っていたんです。空が飛べるのは有利ですから」

「それはよかった。その子はダークスワロウ。よく悪戯鳥《いたずらどり》なんて言われてるけど、気に入った相手ほど悪戯をしたくなる、お茶目な鳥だね」

「へぇ……じゃあ、仲良くできそうだ。僕も悪戯が好きだからね」

なんか、フランのペアだけオーラが黒いんだけど……。

まあ、仲良くできそうならいいけどね……。

続いてオージェが尋ねる。

「俺のは狼じゃなくて……犬っすか？」

「君にも謝らなくちゃな。君の雷属性《エレクト》に対応した魔物の魔石も貴重で、手に入らなかったんだ……」

「でも、オージェくんの犬さんは、珍しい見た目ですね」

ミシャちゃんが興味深そうに、オージェの犬を見つめる。

オージェが召還した犬は、私にとって非常に見覚えのあるものだった。

いわゆる柴犬だ。

「可愛い……」

私が撫でようと近づくと、柴犬は私の手にすり寄ってぺろぺろと舐めた。

「エレクトロドッグの一種で、遠い東の国から届いた魔石なんだ。まさかこんな姿をしてるなんて思わなかった」

「い、いいじゃない。勇者に、ぴったりの……ふふふ……」

マリオンさんの説明を聞いたアニエちゃんは、笑いを堪《こら》えようとしゃがみ込んでしまった。

ミシャちゃんもぷるぷると震えている。

「うぅー……今に見てろっす！　このエレクトロドッグと一緒に、勇者様みたいに強くなってやるっすからね！」

「わんっ！」

オージェの声に合わせて、エレクトロドッグも可愛く吠《ほ》えた。

「もう息ぴったりじゃないか……」

「フランまで……くっそぉー！」

その後、みんなは自分の魔物に名前をつけて、王都への帰路についたのだった。

7　代表戦の特訓

アクアブルムの課外授業から、二ケ月が過ぎようとしていた。

季節は冬を迎え、王都も白く雪化粧《ゆきげしょう》している。

そんな中私は、学園長先生主催の親睦会《しんぼくかい》に来ていた。

「ではみんな、会を始めようじゃないか」

この親睦会は毎年行われているらしく、学園長先生とその年の学年別クラス対抗戦のＭＶＰ選手が招待されるんだとか。

私は初等科三年の代表として来ているのだが、他の先輩たちは、ＭＶＰなだけあって迫力が違う……。

知らない人しかいないから、もれなく人見知り発動中だ。

どうしよう、何も話せない……。

そして緊張のせいで、料理の味がわからない。

「あの……サキちゃん、でしたっけ？　大丈夫ですか？　顔色が悪いようですが……」

正面に座っている女の先輩が話しかけてくれた。

確か……初等科四年のリリア先輩だ。

長い髪がきれいで、とても優しそう……。

「大丈夫、です……ちょっと緊張、してるだけ……」

「はっ！　緊張なんて情けねぇ！　それでも代表かよ」

今度は私の隣の先輩が言った。緊張してると言っただけでこのいびられよう……うぅ、帰りたい。

隣にいるこの人は、初等科五年のラロック先輩。貴族家のご子息らしい。

「ちょっとラロックさん、年下の子をいじめないでください」

リリア先輩がラロック先輩を少し睨《にら》んだ。ラロック先輩は、やれやれと首を横に振った。

「こんなんじゃ、今年の代表戦が思いやられるぜ」

代表戦？　なんのことだろう……？

「まあ、落ち着きなよ。ラロックもリリアも相変わらず元気だね。えっと……サキちゃんだったかな？　すまない、このラロックは去年の学園代表戦であまり活躍できなかったから、張りきってるだけなんだ」

私の斜め向かいに座る先輩が教えてくれた。

確かこの人は……そう！　アニエちゃんが言っていた人だ。今年のＭＶＰの中で最も強く人気がある、初等科六年のレオン・クロード・ライレン先輩。

平民区を治めるクロード公爵家の次男だ。

確かにかっこいいかも……。

サラサラの黒髪に整った顔立ち。背もすらっとしてて……ほんとに六年生？

それに、レオン先輩から感じられる魔力の質は他の人と違う……。

私はレオン先輩に尋ねる。

「あの、代表戦ってなんですか……？」

「あぁ、そういえばサキちゃんは転校生だったね。魔法学園っていくつかの都市にあるんだけど、その中でここ、王都エルトと親交の深い学芸都市バウアで、毎年模擬戦のイベントをしてるんだ。各学年の代表同士が戦うから、代表戦って呼んでるんだよ」

レオン先輩が教えてくれた。

え？　じゃあ私、勝手に選手に選ばれたの？

驚きの事実に戸惑っている間に、他の先輩などへの挨拶が済み、親睦会は終わった。

ちなみに、今後しばらくは代表戦に向けて練習するため、放課後に集まることになるそうだ。

少しの間、アニエちゃんたちと特訓はできないかな……。


親睦会の次の日の朝。

私は珍しく早起きをして、今では私たちの特訓場となっている公爵家の屋敷の庭にいた。

なぜこんなに朝早くここに来ているかというと、私はまだまだ強くならないといけないと、ミシュリーヌとの戦いでわかったからだ。

だから、今日からまたネルの指導のもと、魔法の特訓と研究を始める。

それにしても、なんか懐かしいなぁ。

最近はもうすっかり街の生活に、というか快適すぎる屋敷の生活に慣れてしまって、こんな朝早くに起きることなんてなかった。森にいた頃は当たり前の起床時間だったのにね。

『サキ様、それではまずは組み手から始めましょう』

ネルが早速メニューを決めてくれる。

「わかった。相手は？」

『クマミを召還しましょう』

「あ、なるほどね。召還《サモン》・クマミ」

私はクマミを召還した。

「それじゃあ、クマミ、お願いします」

私がそう言って頭を下げると、クマミも真似をしてぺこりとおじぎした。

可愛い……。

「クマミ、本気でやっても大丈夫？」

私の問いに頷くクマミ。

それは頼もしい……じゃあ、久しぶりにやってみよう。

「ネル流武術スキル・【月ノ型《つきのかた》・月下ノ舞《げっかのまい》】」

クマミに掌打を連続で打ち込む。

月下ノ舞は、私の技の中で一番手数が多い。

クマミが強くても一発くらい当たると思っていたけど、クマミも対応して受け止めたり、避けたりする。
おかしいな……そんな簡単に止められる技じゃないんだけど……。
するとクマミが右腕を振り上げて、私を攻撃してくる。
これってもしかして……クマノさんの動き？
クマミの右腕の動きは、クマノさんの攻撃癖にそっくりだ。
クマノさんならたぶん、右腕を避けても、追いかけるように左腕で攻撃する……。
予想通り、クマミは左腕で攻撃を仕掛けてきた。
やっぱり……記憶はなくても、クマノさんは確かに魔石に宿ってるんだね……。
「ネル流武術スキル・【花ノ型《はなのかた》・桜《さくら》】」
花ノ型は回避の型。私はクマミの連続攻撃をかわして、隙をうかがう。
クマノさんに動きは似ているけど、クマミの方が力もスピードも上のような気がする。
魔物化の影響かな……？
クマミの攻撃は避けられるけど、反撃の隙が見つからない。
『そこまでです』
しばらく攻撃を避け続けていると、ネルに組み手を止められた。
「ネル、どうしたの……？」
『サキ様、大変言いづらいのですが……』
「いいよ、言って」

『……サキ様は森にいた時に比べて、戦闘の技術が落ちています』

私は、ネルの言葉の意味が一瞬わからなかった。

「え、ちょっと待って……だって、森にいた時よりもいろんな人と戦って、みんなとたくさん特訓もして……」

『はい、その通りです。ですが、はっきり申しますと、前回のリベリオンの幹部を名乗る女以外、今まで戦ってきた相手はレベルが低すぎます。森での修業よりも、戦闘技術向上の効率は悪いです』

確かにシャロン様を狙った暗殺者の時も、魔物化の薬を呑んだアンドレの時も、クラーケンでさえも、自分なら大丈夫だと思っていた。

『サキ様は毎日、フラン様やアニエ様との特訓、他にも授業などを通して、訓練や研究を重ねてこられました。しかし、サキ様の体術や魔法は、同学年の生徒を遥かに凌駕《りょうが》しているのです。確かに、サキ様と特訓をしている皆様は強くなられましたし、このまま続ければ、いつかはサキ様に追いつけるかもしれません。ただ、サキ様は自分より力のない者といくら特訓を重ねても、今より強くなることはありません』

ネルが淡々と述べたことは、正しいと思う。

それはそうだよね。勝敗や優劣のつくもので、自分より下の人たちとだけ戦っていたのでは、強くも上手くもならない。

「みんなとの特訓は、無駄だったってこと？」

『そのようなことはありません。私はまだ人の心というものを理解しきれてはいませんが、皆様と過ごす時間は、サキ様にとってかけがえのないものであるはず。しかし、楽しいだけで強くなれるほど、戦いというのは甘くないのです。前にサキ様がいた世界では、戦闘を行うことなどなかったと、ナーティ様から聞いております。そんなサキ様からすれば、あの学園に入り体術や魔法を磨《みが》くのは、スポーツの練習のようなものかもしれません。ですが、この世界の人たちの魔法や体術は違うのです』

「違うって……何が？」

『この世界の人たちにとって魔法や体術は、生き抜くための力です。自分や大切な人の命を守るための技術です。サキ様は、その覚悟や心意気が薄れてきています』

「……！」

ネルに言われた言葉は、私に深く突き刺さった。

そうだった……どうして私は強くなろうと思ったのか。それは、クマノさんやクマタロウくんを守ろうと思っていたから。

この世界で生き抜くためには、魔法が必要だと思ったから。

それなのに私は……。

自分の愚《おろ》かさに気が付いたからなのか、救えなかったクマノさんへの申し訳なさからなのか、目頭がじわりと熱くなる。

「私、馬鹿だなぁ……また同じことを繰り返すところだったよ。そうだよね。私は、大切なものを守るために強くなったんだよね……」

やがて、目頭に溜まった熱が、頬を伝ってぽたっと地面に落ちた。

クマミが、私に顔を擦り寄せて、頬を舐める。

クマミは私を応援してくれているのかな……。

ふふふ、森にいた時のクマノさんみたいね。

私はクマミの頭を撫でながら、涙を拭いてネルをまっすぐ見た。

「ネル、私はもっともっと強くなりたい……どうしたらいい？」

『森にいた時よりも厳しくします。よろしいですか？』

「……覚悟はできたよ」

『かしこまりました』

私は新たな決意を胸に、ネルとの修業を開始した。


ネルとの修業を始めて一週間が過ぎた。

今日は代表戦に向けての特訓が初めて行われるため、私は学園の訓練場に来ていた。

ちなみに、アニエちゃんたちと取り組んでいた特訓は、最近自主練になった。みんなの当面の目標は召還した魔物との親睦を深めて戦闘に活かすことなので、その訓練を優先するためだ。

代表戦は大きく分けて、初等科四人の部と中等科六人の部の二部門。

私は初等科四人の方なので、今日集まったラロック先輩、リリア先輩、レオン先輩とチームを組む。

「さて、今日から特訓を始めるんだけど、サキちゃんは代表戦のルールは聞いてないよね？」

「はい」

「じゃあ、まずはルールを教えるね。他の二人も復習だと思って聞いておくんだよ」

レオン先輩が代表戦のルールを説明する。

代表戦は、クラス対抗戦でも使用した首飾りを各自が持って戦闘を行う。

この首飾りは、体に当たったダメージを計測し、肉体が限界を迎える前に持ち主を闇属性《ダクネ》の魔法で眠りに落とす。要は、死ぬ前に戦闘不能状態にしてくれる便利な代物《しろもの》だ。

その上での戦闘不能、もしくは完全に身動きを取れないように拘束《こうそく》するなどして、相手を全滅させた方が勝ちになるらしい。

選手たちは、空間魔法でフィールド内のどこかにランダムで飛ばされ、スタート。

制限時間はなく、どちらかが勝つまでやる。

「何か質問はあるかな？」

レオン先輩が聞いてくる。

「武器は使ってもいいんですか？」

「武器は持ち込み禁止だよ。ただし、フィールドに飛んだ後、魔法で作ったものを武器にするのはありだ」

じゃあ、クマミも使えないか……。

いや、そもそもクマミの熊飾りを武器として認めてくれるかは微妙だけど。

レオン先輩が続ける。

「それで、僕たちの作戦なんだけど、スタートしてから相手より早く集合し、敵チームを各個撃破していきたいと思っている」

「もし先に敵に見つかったらどうしますか？」

リリア先輩が質問した。

「その場合、状況によるが、なるべく退避しながら集合を優先してほしい」

「なんだよ、せっかく敵を見つけたのに逃げるんですか」

レオン先輩の回答に、ラロック先輩は不満のようだ。

「ラロック、そうは言うが、君は去年、敵に囲まれただろう？」

「今年はそんなことになりませんよ！　この一年でだいぶ俺も強くなったので」

レオン先輩はため息をつく。

「はぁ……そういうところは相変わらずだね。じゃあこうしよう。今からみんなで退避の特訓をしようと思っていたけど、それを一回で成功させたら、ラロックに遊撃を頼もうかな」

「はっ！　そんなの一発で終わらせてやります！」

それから、レオン先輩は訓練場に設置されている人型の的を指差した。

ちなみに、この的はみんながよく使う的で、魔法で壊れてもすぐに復元する優れもの。愛称は崩れても、また破片が集まって復活するから『的まるくん』だ。

「あの的まるくんのところまで走っていけたら成功。ただし、僕とリリアとサキちゃんは君の邪魔をする。今回は僕たちにタッチされたら失敗にしようかな」

「余裕ですよ！」

そう言ってラロック先輩がスタート位置に立った。

レオン先輩が私とリリア先輩に指示を出す。

学年順にラロック先輩に突撃するとのことだ。

でも……。

「あの、レオン様……」

一応レオン先輩は公爵家の方なので、様づけして呼ぶ。

「ん？　やだなぁ、サキちゃん。僕は公爵家でも次男だし、学園の先輩なんだから様なんてつけなくても大丈夫だよ」

レオン先輩は膝に手をついて、目線を私に合わせてくれた。

近くで見ると本当にきれいな顔……。

「じゃあ、レオン先輩」

「なんだい？」

私は正直に今の状況を告げる。

「私、違うところでも特訓していて、最近手加減ができなくって……」

「それは、力を制御できなくて危ないということかな？　ラロックは五年のＭＶＰ選手だけど、それでも不安？」

「はい、少しだけ……怪我をさせたくないです……」

「なるほど……」

レオン先輩は考えるように腕を組んだ。

「それじゃあ、もし、ラロックとサキちゃんがお互いに危なくなったら僕が止めるよ。それなら大丈夫？」

でも……。

先輩の言い方から、私の実力を測りたいという考えが伝わってくる。

「まだ不安かい……？　大丈夫だよ。僕はサキちゃんが思うよりも強いはずだから。ね？」

私を宥《なだ》めるように、レオン先輩は頭を撫でてくれた。

「わかりました……」

「おい！　早く始めよーぜ！」

スタート位置で待ちかねたラロック先輩が、開始を促す。

「わかったから、もう少し待ってくれ」

レオン先輩が大きな声で返事をした。

「リリア、すまないが、サキちゃんと順番を変わってもらえるかな？」

「え？　構いませんけど……」

リリア先輩は不思議そうな表情を浮かべながら、私と位置を変わった。

「これなら君たち二人をすぐにフォローできる。今後の作戦のためにも、できれば真剣にやってほしい」

先輩はまっすぐ私を見て言った。

確かにここで手を抜くようでは、この先きっと癖になる。

「わかりました……」

私はレオン先輩に頷いて、位置についた。

まだこの戦い方で手加減できるかわからないけど、いつまでもそんなことは言ってられない……。

大丈夫、私だって練習してきたんだから。

私はラロック先輩を見据えて、戦闘の構えを取った。

「それじゃあ、開始！」

レオン先輩の合図でラロック先輩は走り出す。

リリア先輩に近づいたところで、ラロック先輩とリリア先輩はほぼ同時に魔法を使う。

「第三《トリル》エレクト・ネット」

「第二《ダブル》ウィンド！」

リリア先輩は雷魔法で電気の網《あみ》を広げ、ラロック先輩を捕らえる作戦だったんだろうけど、ラロック先輩は風魔法を足元に発動。網を越える高さまでジャンプした。

「甘いです！」

しかし、リリア先輩の網は自在に形を変え、空中にいるラロック先輩を搦《から》め取ろうとする。

「お前もな！」

網がラロック先輩を捕らえる直前、彼はさらに風魔法を使って空中移動し、網から逃れた。

「あぁ!?」

「リリア、お前はいつも仕掛けを早く出しすぎるから逃げられるんだよ！」

そして、いよいよ私の番だ。

私はネルとの特訓のことを思い出す。

「体に流れている魔力を、魔法を使う時みたいに……それをとどめるイメージで……」

「何をぶつぶつ言ってんだ！」

ラロック先輩は、もうそこまで近づいてきている。

「魔力……解放！」

その時、私の体から一気に魔力が溢れ出す。

すると、世界がスローに感じた。

魔力解放は体の魔力を増加させて、身体能力に加え、脳の機能を向上させる。

特訓ではこれがなかなか成功しなかった。今も成功確率は半々といったところだ。

だけど今回は上手くいったようだ。ラロック先輩の速度が、歩いている人並みに感じる。

「な、なんだ!?」

うぅ……やっぱり体と脳への負担が大きい。

頭痛い……でも、上手くできてる。動かなきゃ……。

「【加速《アクセル》】……」

私はスキルを使って一瞬でラロック先輩の後ろに回り込む。

だが、ラロック先輩もそれに気が付いて、咄嗟《とっさ》に横へかわした。

すごい反応速度……でも、魔力解放は身体能力強化だけの技じゃない。

私は横に避けたラロック先輩の方に、手のひらを向ける。

「フレア」

私がそう口にした瞬間、私の手から炎魔法が発動し、ラロック先輩に追い討ちをかける。

魔力解放とは常時、体中に魔力を満たす技だ。つまり、全身が常に魔法を使う直前の状態になるということ。

その状態から使う魔法やスキルは、発動までの速度が通常の魔法とは段違いに速い。

「ぐう⁉」

ラロック先輩は私の炎魔法を食らいつつも、体勢を立て直し、私を無視して走り出そうとする。

逃がさない……。

私はさらに加速し、ラロック先輩の目の前に移動した。

私の姿を見て、ラロック先輩は足を止める。

ここで終わらせるよ。

「【影分身《かげぶんしん》】」

闇魔法スキルを使って私は六人の分身を作った。

いきなり現れた私の分身に対して慌てるラロック先輩。

それでも彼は諦めずに、隙を見て動いた。

私はラロック先輩を逃がさないように、先輩の位置に引力を持った球体を発生させた。

「二重付与《ダブルエンチャント》・【引力《グラビテーション》・＋《プラス》2】」

先輩はその球体に引き寄せられ、動きが止まる。

「加速《アクセル》……！」

私は先輩を捕らえるために加速して駆け出した。

「う、うわぁ!?」

私と分身は、ラロック先輩を本気で捕まえに行く。

先輩は自分を守るように両手で体を庇うが、そんなものに意味は——

「ストーップ！」

もう少しでラロック先輩を捕らえられる、といったところで、目の前に急にレオン先輩が現れた。

あ、ダメ！　勢いが止まらない！

「避けて！」

「大丈夫だよ」

レオン先輩は私の右腕をつかみ、その勢いを使って上へ投げる。

「わ、わわわ……」

投げ飛ばされたのなんて初めてで、私は空中でジタバタしてしまう。

そして、そのまま真下にいるレオン先輩に、優しくお姫様抱っこで受け止められてしまった。

「はい、特訓は終わりだよ」

そう言って、ニコッと満面のイケメンスマイルを向けてくるレオン先輩。

私はそのまま、ゆっくりと地面に下ろされた。

気が付けば、私の分身が消えている。

なんで……？　レオン先輩が何かした？　でも、どうやって……。

「さて、ラロック。これでも一人遊撃に回る自信があるかな？」

「……」

しりもちをついて黙るラロック先輩に、レオン先輩はニコニコと笑いながら聞くが、答えは返ってこない。

ふてくされてる？

「まあ、今日の特訓はこんなものでいいさ。リリアはもう少し、魔法の使いどころを工夫した方がいいね」

「はい、レオン先輩」

「サキちゃんはそうだな……三年でラロックを捕まえられるのはすごいよ。うん、本番でも期待してるね」

「はい……」

「さぁ、今日はこれで解散だ。みんな、気をつけて帰るんだよ」

レオン先輩がそう言うと、ラロック先輩は無言で訓練場を出ていった。

リリア先輩もラロック先輩を追うように、一言挨拶をして走っていく。

「さて、僕ももう行こうかな。サキちゃん、それじゃあまた……」

「レオン先輩……」

私は、訓練場の出口に向かおうとするレオン先輩を呼び止めた。

「なんだい？」

レオン先輩は振り向いて私の方を見る。

さっきの訓練で感じたことを確かめるために、どうしてもこれだけはやっておきたい。

「レオン先輩、私と模擬戦をしてくれませんか……？」

レオン先輩は表情を変えずに、私をじっと見つめている。

しばらくの無言の後、レオン先輩は口を開いた。

「サキちゃんと？　どうして？」

「レオン先輩は、私より強い……ですよね？」

「いやぁ、さっきのを見ちゃうとね。わからないよ？　僕の方が弱いかもしれない」

ちょっととぼけたように言うレオン先輩。

アニエちゃんに聞いたことがある。この先輩は謎が多いのだ。

常人では考えられないような動きに加えて、相手の魔法を消してしまうなんていう噂もある。さらに使える属性さえも不明……でも、強い。

初等科から高等科まで含め、学生最強の魔法使いと言われているのが、レオン先輩なんだとか。

「私、自分より強い人に会ったことがないんです……レオン先輩と戦えば、私の足りないところがわかると思って……」

「……確かに、そうかもね。それに、さっきの動きは真剣ではあったけど、本気の本気ってわけではなかっただろ？」

やっぱりばれてた……さっきの魔力解放は、ネルとの修業の成果の一つでしかない。

そこまでわかっているこの人に勝てたら……。

私は頭を下げる。

「お願いします……」

「……わかった」

レオン先輩は了承してくれた。

そして、私はレオン先輩と本気の模擬戦を始めた。

8　レオン先輩の実力

「このっ……！」

「まだまだ、焦ってるね」

模擬戦を始めてから、どれくらい経っただろうか。

私は何度も何度もレオン先輩に魔法や技を撃ち込んでいるけど、どれも当たらない。

いや、当たる寸前にレオン先輩が何かをしている。でも、何をしているのかわからない。

「ネル流武術スキル・【月ノ型《つきのかた》・宵闇《よいやみ》】」

宵闇は、正面からの攻撃の後、瞬時に相手の後ろへ回り込んでさらに攻撃を重ねるスキル。

私はレオン先輩のお腹に掌打を打ち込んだ。やはり当たらないが、一瞬で後ろに回り、今度は背中に攻撃を仕掛ける。

「え……？」

私はレオン先輩の後ろにいる。

先輩から私のことは見えていないはずなのに……私の掌打は、先輩の左手に防がれていた。

私は警戒して、距離を取る。やっぱりこの人には何かある。私でもわからない何かが……。

知りたい。解明したい。

でも、そろそろ時間だ。次の技で私が勝つ！

私は修業で身につけた技を使うために、構えを変えた。

◆

ふぅ……さっきの掌打は僕、レオンでも危なかった。

あの歳であんな速い動きができるなんて……さっきから反撃したくても隙がないね。

急に申し込まれた模擬戦だけど、意外と楽しんでいる自分がいる。

あ、構えが変わった……時間的にも、次で最後の技かな。

さっき、ラロックとやった時みたいな魔力が溢れる状態にはなっていない。でも、普通の武術スキルを使うにしては、魔力の揺らぎが凄《すさ》まじい。

また僕の知らないスキルを使うつもりだろうか？

受けて立つよ……。

僕も魔法を放つ構えを取る。

直感でわかる。次に来る技は、おそらく今まで受けてきた中で一番強い。

覚悟しないとね。サキちゃんが叫ぶ。

「ネル流魔武術スキル・【陽《よう》ノ《の》奥義《おうぎ》・陽光一天突《ようこういってんづ》き】！」

すごい！　凄まじい炎魔法を自分の後ろに放つことで、常人を遥かに超えたスピードを出している！　さらに右手にも炎魔法を纏わせているな……。

いや、それだけじゃない……僕でも思いつかない工夫がされている！

この歳でこんな技を思いつき、使えるなんて……ワクワクするじゃないかっ！

どれだけの努力、研鑽《けんさん》、経験を、この小さな体で積んできたのかが僕にはわかる。

だから、僕も本気で迎え撃つよ。

「第六《セクル》ユニーク・【無効《バニッシュ》】」

僕の使える魔力は、特殊属性《ユニーク》のみ。

そして、僕の魔法は全ての魔力を消し去る。

彼女の炎が消えたところで、僕も動き出す。

はは……サキちゃんは魔法が消えて驚いてるね。やっと隙ができたよ。

「第五《クイル》ユニク・【低速】」

僕は、向かってくるサキちゃんに魔法をかける。

特殊属性《ユニーク》は他の属性と根本的に違う点がある。

そもそも特殊属性《ユニーク》とは、通常の十種類の属性以外の属性を指すものだ。

そして、普通の属性では魔力をもとに魔法を発動するのに対して、特殊属性《ユニーク》は魔力を使って、もともと存在するものに干渉する。

さっきは魔力を使ってサキちゃんの魔力を消した。そして今は、サキちゃんの体感時間を操作している。

さて、ここまできたらもう負けることはない。

僕はサキちゃんに近づいて、おでこを指で小突いて彼女の動きを止める。

「ぐえ……」

僕の魔法が解けて、サキちゃんはそのまま床にベシャッと倒れた。

ゆっくりと起き上がるサキちゃんに、僕は声をかける。

「久しぶりに楽しかったよ。よかったらまた……」

「うわあぁぁぁぁ！」

また模擬戦をしようと言おうとしたら、急に大泣きされてしまった。

「え、えっと、サキちゃん……？」

「こーらー！　誰だぁ！　サキを泣かせてるのはぁ！」

すると訓練場の扉が急に開いて、サキちゃんと同級生くらいの女の子が入ってきた。

あれは、ブルーム家のアニエ？

「サキ？　どうしたの？　どこか痛い？」

アニエに色々聞かれているけど、サキちゃんは泣くばかり。

その様子を見て、アニエが僕の方を向く。

「レオン先輩！　サキに何をしたんですか⁉」

「い、いやぁ……僕はただ、サキちゃんに言われて本気の模擬戦を……」

「本気⁉　レオン先輩は意味わかんないくらい強いんですから、本気なんて出しちゃダメじゃないですか！」

「いや、サキちゃんも強くてね……」

その後、サキちゃんはアニエに連れていかれた。

僕も訓練場を出て、屋敷に戻って自室の椅子に座り、大きく息を吐く。

それにしても、僕に負けて大泣きか……彼女は本気で僕に勝つ気でいたってことだね。

つい、顔が綻《ほころ》んでしまう。

今まで僕に模擬戦を挑んできた人はたくさんいた。

その人たちは途中までは本気だけど、敵《かな》わないとわかると手を抜き、そして最後に決まって同じセリフを言った。「さすが、公爵家の子です」と。

違う……公爵家の血筋はあるかもしれないけど、僕はこの特殊属性《ユニーク》を使いこなす努力をしてきたんだ。最初から強かったわけじゃない。

そんなやつらに比べれば、サキちゃんとの模擬戦は楽しかった。

常に全力。常に本気。お互いを出しきって命を削るような……そんな戦いだった。

またやりたいな……。

僕はそんなことを思いながら、次の特訓の内容を考え始めた。

◆

レオン先輩に負けた……本気でやったのに、真剣だったのに、負けた。

私は、屋敷の自室のベッドで枕に顔を埋《うず》めて、さっきの模擬戦を思い返す。

もしレオン先輩が悪い人だったら？　自分や大切な人の命がかかった戦いだったら？

そう考えると、さっきの模擬戦の負けという結果は、私にとってただの敗北じゃない。

次はない。負ければ終わる。そんな戦いは怖い……。

でも、恐怖心以外の何かを感じているのも確かだ。

先輩とはいえ完敗だった。なんかムカつく。気持ちがモヤモヤする。

何これ……こんなの前の世界でも知らなかった感情だよ。

あ、そういえば……。

「ネル、今日の特訓……」

『サキ様、本日の特訓はお休みにいたします』

私は理由を尋ねる。

「どうして……？」

『今のサキ様は、心が乱れています』

「そんなこと、ないもん……」

『そんなことあるんです。いい魔法の条件は先日言った通り……』

「冷静な心といいイメージから」

『その通りです』

「なんか、ネル、最近人間っぽくなった？」

『私も日々、人の心を学んでいますので』

なんというか、家庭教師感が増してきた。

とにかく、今日は特訓がなくなった。

私は改めてさっきの模擬戦を振り返ることにする。はぁ……なんで負けちゃったんだろう。

あの陽光一天突きは、炎魔法を腕と足に集中して、爆発的なスピードと威力を出す、けっこう自信作の魔法だったんだけどな。

うーん、やっぱりモヤモヤする……。

外はもう夕方くらい。窓の外を見ると、フランとアニエちゃんがまだ庭で特訓をしていた。

二人とお話でもしたら気が晴れるかな……。

私はのそのそとベッドから下りて、屋敷の庭に向かう。

外に出ると、アニエちゃんが声をかけてくる。

「あ、サキ。どう？　落ち着いた？」

「うん……」

「よかった。おいで、クルラ」

アニエちゃんが名前を呼ぶと、彼女が召還したフレアイーグルが飛んできて腕に止まる。

「サキ、なんかすっきりしない顔をしているね」

フランも肩にダークスワロウを乗せて、こっちに歩いてきた。

ちなみに名前はウィムだ。アネットが命名したらしい。

「わかる……？」

「まあ、確かに浮かない顔ではあるわね。何か悩み事？」

私は、アニエちゃんの言葉に頷く。

「うん……なんかね、レオン先輩に負けてからモヤモヤするの。アクアブルムの時はそんなことなかったのに……」

「うーん……もう少し具体的に言葉にできる？」

「具体的……？　アクアブルムの時は、戦いが終わった後、敵がいなくなって……みんな無事だったからホッとした、かな」

アニエちゃんは続けて尋ねてくる。

「今日は？」

「模擬戦が終わってからも、なんかムカついたまま……」

私の話を聞いて、アニエちゃんとフランは納得したような顔になる。

「もしかして、今日サキは初めて本気を出して負けたんじゃないかな？」

突然フランに言われ、私はきょとんとしてしまう。

「え……？　うん……」

「それって単純に、悔しいって感じているだけじゃない？」

「悔しい……？」

私が聞き返すと、フランは首肯する。

「うん。それじゃあ、レオン先輩とまた模擬戦するってなったらどう思う？」

「絶対勝ちたい……」

私の答えを聞いて、アニエちゃんが言う。

「やっぱり、それは悔しいって気持ちが初めてだから、ムカついているように感じるんじゃないかしら？」

確かに……前の世界では、こんなに本気で何かに打ち込んだことも、勝ちたいって気持ちになったこともなかった。

そうか、これが悔しいって気持ち……。

私は胸に手を当てて、目を閉じる。

うん、そうだね。本気で特訓してきて、それを出しきった。でも負けた。私は悔しい……悔しいんだ。

「なんとなく、わかった……」

私がそう言うと、アニエちゃんとフランは微笑んだ。

「そう？　それにしても、サキの本気で勝てないなんて、レオン先輩はどんだけ強いのよ」

「まあ、あの人は公爵家の中でもすごい才能を持ってるからね」

しかし、私はフランの言葉に首を横に振る。

「ううん、違うよ」

「え？」

「レオン先輩は、すっごく努力してあの強さを身につけてる。そんな気がする……」

「サキが言うならそうなのかもね。よーし、じゃあ私も努力して、レオン先輩に勝てるくらい強くなるわ！」

「僕も負けてられないね」

「私も頑張る。それで次は、私が勝つ」

私たちは三人でレオン先輩を超えるという目標を掲げて、一緒に特訓を始めた。


レオン先輩と模擬戦をしてから二日後。私はネルとの特訓で行き詰まっていた。

今使えるスキルや魔法は、レオン先輩の魔法で消されてしまう。その対策が浮かばないのだ。

もっと特殊属性《ユニク》を理解しなくてはいけない……。

ネルも特殊属性《ユニク》について教えてくれているが、いまいちイメージできない。

特殊属性《ユニク》の魔法は私も使える。空間収納なんかで、空間内の時間を止めるのがそうだ。

でも、それ以外で特殊属性《ユニク》の魔法を使用したことがない。

私は、魔法のスキル化を簡単にしてくれる【習得《しゅうとく》の心得《こころえ》】という常態スキルを持っている。常態スキルとは無意識かつ恒常的に発動できるスキルのこと。

ちなみに経験を積んで獲得する技能であるスキルは、常態スキルの他にも魔法スキルや武術スキルなど様々な種類が存在する。

習得の心得は便利ではあるけど、今までこれに頼ってしまっていたがゆえに、レオン先輩の技を分析するだけの特殊属性《ユニク》のイメージと知識が身につかなかった。

「ネル、どうしよう……」

『こればかりは、サキ様次第ですので……』

そうだよね……どうしよう。

すると、ネルが提案してくる。

『本人に聞いてみてはどうでしょうか？』

「本人って、レオン先輩？」

『はい。レオン様は特殊属性《ユニーク》を使いこなしているように感じました』

「それはそうだけど……」

勝ちたい相手に習うっていうのがなぁ……。

私の力や体格じゃきっと、単純な物理攻撃ではレオン先輩に勝てない。

かと言って、魔法が効くわけでもない。あの人、本当に弱点がないな。代表戦はあの人だけでいいんじゃないの？


結局あの後も考えはまとまらず、私は翌日のお昼休憩時に、レオン先輩のもとへ向かった。

ちなみに、次の代表戦の特訓は明後日なのだが、そこでもう一度模擬戦を挑むつもりだ。

これはそう……敵情視察！　なんかそういう感じだから、セーフだよね！

えっと、六年の教室は……。

私は階段を上って、レオン先輩の教室を探す。すれ違うたびに周りの生徒たちが、チラチラとこちらを見てきた。

あれ、そういえばレオン先輩って何組だっけ？

私が周りをキョロキョロと見回しながら歩いていると、誰かにぶつかってしまった。

「ご、ごめんなさい……」

「いえ、私もよそ見をしてたから……あら？　あなたもしかして、三年のサキ・アメミヤちゃん？」

「え、はい……」

どこかで会ったことある？　いや、このお姉さんに見覚えはない。

「あ、急にごめんなさい。でも、私のこと、わからない？」

「んー……？」

私は今まで会った人たちのことを思い出してみるが、やっぱり思い当たらずに首を傾げた。

なんとなく、声は聞き覚えあるような……？

「それじゃあ、んっ……ルーレット……スタート！」

あっ、クラス対抗戦のステージ決めの声だ！

「対抗戦の時、司会をしてたお姉さん？」

「そうだよぉ！　こんなところであなたに会えるなんて、今日の私はついてるわ！　私、放送広報委員のヤスミナ・ベクレス。ちょうどあなたに聞きたいことがあってね！」

ヤスミナ先輩は私の手を握って目を輝かせる。

ま、まずい……こういう人ってお話が長くなるタイプだよね、たぶん。

「い、いいえ、私、レオン先輩に用が……」

「レオン君に!?　やっぱりあの噂はほんとなのね!?」

「あ、あの噂……？」

あの噂って何？　あぁもう、早くレオン先輩を探さないといけないのに。

「ヤスミナ、何してるんだい？」

私が困っていると、ヤスミナ先輩の後ろから声が聞こえた。

「あら、レオン君。いつもお昼はどこかに消えるのに、今日はこんなところにいるのね」

「読もうと思っていた本を教室に忘れたから、取りに来たんだよ。そこにいるのは僕の大事な後輩のようだけど、何をしてるのかな？」

ヤスミナ先輩が答える。

「来月の学園新聞の取材だけど？」

「へぇ……？　どんな記事かな？」

「激震！　学園のエース、アクアブルムの英雄を泣かす」

もしかして、アクアブルムの英雄って私のこと……？　そんなふうに呼ばれてるの？

ていうか、泣いたことを広めたのは誰だ!?

レオン先輩がため息をついて一言。

「却下」

「えぇー？　いい記事だと思うんだけどなぁ」

「それで、サキちゃんはなんでここに？」

ヤスミナ先輩を無視して、レオン先輩が私に尋ねてくる。

「レオン先輩に聞きたいことがあって……」

「そうなのかい？　じゃあ、あっちで聞こうかな」

そう言ってレオン先輩は私の手をつかみ、六年の教室から離れていく。

「ごめんね、周りがうるさいから、お昼は屋上にいるんだ」

「え、屋上……？」

屋上は危ないから、授業以外では生徒は入れないはずだけど。

私がそのことを聞くと——

「あぁ、そこはまあ……こっそりとね」

私にウィンクしてみせるレオン先輩。悪い先輩だ……。

私とレオン先輩は階段を上がり、鍵がかかっている扉に着いた。

「えい」

「えぇ!?」

どうやって屋上に入るのかと思ったら、レオン先輩は足で扉を蹴り倒してしまった。

「サキちゃんもおいで」

「は、はい……」

レオン先輩に続いて私も屋上に出る。

大丈夫なの、この扉……。

「扉は後で直すから大丈夫だよ」

「は、はぁ……」

もうなんでもありだな、この人。

「まあ、こっちでお昼でも食べながら話そうよ。サキちゃんもまだだろ？」

「はい」

流れで先輩とお昼をご一緒することに。

私は収納空間から、メイドのクレールさんお手製のサンドイッチを取り出す。

レオン先輩も、手提《てさ》げ鞄からパンを取り出した。

「それで？　僕に聞きたいことって？」

「……」

いざ聞こうと思うと、なんだかよくわからない悔しさを感じ、私は黙ってしまった。

「サキちゃん？」

なんとか言葉を絞り出す。

「……特殊魔法の使い方を……教えてほしいです……」

「え？　サキちゃんは特殊属性《ユニク》の魔力も使えるのかい？」

もうこの際、話してしまってもいいだろう。

「私、全属性の魔力を持ってるので……」

「それは……すごい才能だね。まあ、わかった。でも、一口に使い方といっても、何がわからないのかな？」

「レオン先輩との模擬戦の時の魔法……あれのイメージが湧かないんです……」

「あぁ、あれかい？　そうだなぁ……そうだ、僕の魔法のことも教えるから、サキちゃんのことも教えてくれるかな？」

私は首を傾げる。

「私のこと？」

「そう。サキちゃんがアルベルト家にいる経緯とか、もちろん魔法のこともね。変なふうに捉えないでほしいんだけど、僕は君のことがすごく気に入っているんだ。それに、また模擬戦もやりたいし」

レオン先輩みたいな人に気に入られるのはすごいことなんだろうけど、私からすれば先輩は倒さなきゃいけない相手だ。

そんな人に自分のことを話すのは気が進まないけど……情報を得るためだし、仕方ないか。

その日から私たちは、お昼休みに屋上でお互いのことを話したり、魔法の練習をしたりするようになった。

◆

「それじゃあ、行ってくるね」

「サキちゃんは今日もお昼に特訓ですか？」

「うん、レオン先輩と……」

「そうですか……行ってらっしゃい」

お昼休憩に入って、サキちゃんは教室を出ていった。

「……怪しい」

フランくん、アニエちゃん、オージェくんと昼食を取りながら、私、ミシャは呟いた。

「怪しいって、何がっすか、ミシャ」

オージェくんがサンドイッチを食べながら聞いてくる。

「サキちゃんのことです！　お昼はずっと特訓特訓！　私はもうサキちゃん成分が足りません！」

アニエちゃんとフランくんも頷く。

「まあ、あそこまで熱心なサキは珍しいわね」

「確かに。それに、サキが本気でやっても勝てない人と戦っているっていうのも、気になるよね」

すると、オージェくんが呆れたように言う。

「いや、ミシャの言葉に突っ込む人はいないんすね……でも、俺もレオン先輩に会ってみたいっす！」

みんなの反応を聞いてから、私は提案する。

「サキちゃんの様子を見に行きましょう。特訓を口実に先輩との時間を作るだなんて……そんなの、サキちゃんファンクラブの私が許しませんよ！」

「え？　何それ？　そんなのがあるの？」

「いいから行きますよ！」

私はアニエちゃんの質問をいったんスルーし、三人を連れて教室を出た。

歩きながら私は、みんなにサキちゃんファンクラブについて教えてあげる。

「いいですか、サキちゃんファンクラブは、サキちゃんの可愛さと強さに惹《ひ》かれた人たちで結成された秘密クラブなのです」

フランくんが頷く。

「サキにも、ファンクラブなんてものができるなんてね。レオン先輩くらいしかないと思ってたよ」

「確かにレオン先輩も人気がありますね。ですが、他のファンクラブを追い抜く勢いで、サキちゃんファンクラブは勢力を伸ばしているのです！」

「いや、ファンクラブ同士で何を争ってるのよ……」

アニエちゃんが突っ込んでくる。色々あるのですよ……。

私は、高学年の教室に続く階段を上りながら話す。

「サキちゃんファンクラブ会員の情報網によれば、二人はここ最近、お昼休みにこの階段を上っていくところを目撃されています」

「無駄にすごい情報網っすね……」

オージェくんは呆れ気味だ。

「サキちゃんファンクラブは徐々に会員を増やして、現在は各学年に二十人近くの会員がいますから」

「って、それ、全生徒の五分の一くらいいるじゃない！」

「その通りです、アニエちゃん。ふっふっふ……それだけサキちゃんの魅力が広まったということですね」

「まあ、クラス対抗戦やアクアブルムのことがあったから、わからなくはないけど……」

そんな話をしていると、とうとう六年の階に着いた。

しかし、私たちは結局、サキちゃんを見つけられなかった。

「サキ、いなかったわね」

「おかしいですね……」

まさか偽情報？　いやいや……サキちゃんファンクラブの会員が、会長の私にそんな情報を伝えるわけがないです。

「この上には行かないんすか？」

オージェくんが屋上の扉に続く道を指差した。アニエちゃんが首を横に振る。

「この先は屋上よ。授業以外じゃ入れないわ」

「でも、サキなら空間魔法を使えるし……」

「はっ……まさか、そういうことですか⁉」

人目につかないところで、憧れの先輩と楽しくお昼ご飯を食べたり他愛もない会話をしたり……。

そんな！　可愛いの象徴のサキちゃんが！

私はショックで、顔を両手で覆う。

「いや、そんなにショックを受けることかい？　先輩と仲良くするのはいいことじゃないか」

「いいえ、フランくん、そういう問題ではないんです！」

「でも、想像してごらんよ。サキが先輩と話をしながら、笑ったり、顔を赤くしたり、時には怒ったりするところを」

サキちゃんが、笑ったり怒ったりするところ？

いつものんびりほわほわなサキちゃんが、表情豊かな女の子に……いい！　とってもいいです！　私は思わず叫ぶ。

「なんですかそれ！　すっごく見たいです！」

「フラン、あんたミシャに何を言ったのよ……」

「僕はただ想像の話をしただけだよ」

「ミシャ、とりあえず落ち着くっす」

「これが落ち着いていられますか！　屋上を見に行きましょう！」

私はまだ見ぬサキちゃんを求めて、屋上への一歩を踏み出した。

◆

私は教室を出てから、いつものように屋上へ向かう。

階段を上ると、扉が外されていた。

これを見るたびに、もう少しまともなやり方がある気がするけどって思う。

今度から空間魔法で飛ぼうかな……。

屋上に入ると、レオン先輩がいつものように座っていた。

「やぁ、サキちゃん」

「こんにちは……あの、レオン先輩……」

「ん？　なんだい？」

「サキ、でいいです……」

こんなに二人で会っていて、ちゃんづけされるのは変な感じだ。

でも、男の人からすれば、女の子を呼び捨てにするのはハードルが高いかな？

フランも初めて私のことを呼ぶ時は照れていたし……。

「そうかい？　それじゃあ、サキ」

くっ……難なく呼び捨てにされた。せめてそういうところで照れてくれないと……弱点のなさすぎる男の人は、将来恋のお相手が大変だよ？

「そろそろ始めようか。今日は僕が教えてもらう番だよね？」

「……そうだった気がします」

「それじゃあ、今日は何を教えてもらおうかな」

レオン先輩は嬉しそうな顔をした。

レオン先輩との交換条件で、私がレオン先輩から特殊魔法のことを教えてもらう代わりに、私のことを教えることになっている。

ひとまず、一日交代でお互いの知りたいことを教えるという流れだ。

昨日は、時間を操る特殊魔法の概念や考え方をレオン先輩が教えてくれたので、今日は私が教える番だ。

ちなみに、今までは私の魔法のことやアルベルト家にいる理由、さらにクマノさんとクマタロウくん、クマミのことなんかを話した。

「今日はサキの武術について教えてもらおうかな」

「私の武術……？」

「うん、前々から僕も武術を強化したかった。他の人にも色々見せてもらったんだけど、ピンとくるものがなくてね。サキの使ってる武術は応用が利《き》きそうで、いいなと思ってたんだ」

確かに、私の武術はあらゆる局面に対応できるようネルが作ってくれた。

「でも、私のネル流武術は技や型がかなり多いですよ……？」

「少しずつでも構わないよ」

「……わかりました。じゃあ、まずは説明から……」

私はレオン先輩にネル流武術を解説する。

ネル流武術には陽、月、空、花の四つの型が存在し、それぞれの型に特徴がある。

陽は一撃が強い型、月は連続攻撃の型、空は相手を投げる型、花は攻撃を避ける型だ。

「ふーん……つまり、型の動きを覚えなきゃいけないわけだね。じゃあ今日は、陽ノ型を教えてもらおうかな」

「はい。それじゃあ、私の動きを真似てください……違うところを訂正していきます」

「わかった」

「では、燦々勅射《さんさんちょくしゃ》から……」

それから私は、レオン先輩に型を見せていった。


数十分後――

もうやだ、この先輩……。

私は最初に陽ノ型を教えていたが、レオン先輩は、どの技も一回見ただけですぐにできてしまう。

なんなのこの人……このペースだと、私が三年間森にこもって会得《えとく》した技を、一ヶ月かからずに覚えちゃうんだけど……。

「ふぅ、今日はこのくらいに……ん？」

「どうかしました、レオン先輩？」

「サキ、今日は誰かをお連れなのかな？」

「え……？」

そう言われて私は扉の方を見るが、何もない。

でも、レオン先輩が言うってことは何かあるんだよね。

「……魔力探知」

試しにオリジナル魔法スキル、魔力探知を使ってみると、確かに扉の周りに反応が四つ……いや、小さなものを合わせると五つかな。

「……フラン、ウィムで姿を隠しても無駄だよ」

「あ、やっぱりバレちゃうか」

何もないところから急にみんなの姿が現れた。

これはフランの召還獣ウィムが使う魔法【姿眩まし《クリアブラインド》】だ。

闇魔法の応用で、自分たちの姿を強制的に盲点にしてしまう魔法。

私の魔力探知は、周囲の魔力を放つものを捉えるから、視覚のみを消す姿眩まし《クリアブラインド》を使っても意味がない。私はフランに尋ねる。

「何してるの？」

「いやぁ、ミシャがどうしてもサキの様子を見たいと言うから」

「フランくん！　話が違いますよ！　表情豊かなサキちゃんはどこにいるんですか！」

いや、何それ……フラン、ミシャちゃんに何を言ったの？

彼女は今までに見たことのない顔で怒っている。

「フラン……？」

私はじとっとした視線を送るが、フランは意に介さない。

「僕はあくまで想像の話をしただけさ。ただ、それがハズレたってだけだよ」

「サキ、この子たちは？」

レオン先輩が聞いてきた。

「私と同じクラスで、チームメイトです」

「へぇ、アニエにフランか。いいバランスじゃないか。それに、そこの二人もなかなかの魔力を持ってるね」

え、レオン先輩って他人の魔力を測れるの？

あ、でも確かにそれができたら、相手の魔力が見えて対策が楽になるかも。強いとか弱いとか、魔法が得意なのかどうかとか、戦いの判断材料に……あ！

私はレオン先輩の発言から、あることを閃《ひらめ》いた。

後は、習得したスキルを改変して新たなスキルを生み出す【変質《へんしつ》の才《さい》】を使えば……。

「レ、レオン先輩に褒めてもらえたっす！　感激っす！」

向こうでは何やらオージェが騒いでいる。

「レオン先輩は誰にでも言うから、調子に乗るんじゃないわよ」

「えぇ!?」

アニエちゃんに言われて驚くオージェ。レオン先輩はそれを見て苦笑した。

「そんなことないよ。さすが、サキのチームメイトだけあって、普通の三年生とはレベルが違う」

「レ、レオン先輩！　俺と模擬戦をしてほしいっす！」

おー、あのオージェが積極的に模擬戦を挑むなんて……。

「あぁ、構わないよ。それじゃあ、一戦だけやろうか」

レオン先輩とオージェの模擬戦……ちょうどいい、私の思いつきを試してみよう。

私は目を閉じ、変質の才で透視の魔眼を改変する。

スキル【魔視の眼《ましまなこ》】を生成……。

魔視の眼……発動！

私が目を開けると、ちょうど模擬戦が始まるところのようだ。

「始めっ！」

フランの合図でオージェが動き出す。

「雷電纏《エレクトウェア》！」

おぉ……これはすごい！　魔力の流れをはっきりと見てとることができる。私は魔視の眼で見えた光景に驚いていた。

これなら、レオン先輩に勝てるかも……。

私はスキルの効果に感動して、その日の放課後、ネルと色々話してアイデアをたくさん出し合った。

ちなみに、レオン先輩とオージェの模擬戦は、オージェの完敗で終わった。

9　ミシュリーヌの話

とうとう代表戦が一週間後に迫ってきた。

私は他の代表選手と共に、全校生徒の前に立たされている。

いわゆる壮行会というやつだ。

「ここに並ぶ十名が、我が校が誇る今年の代表選手たちじゃ。皆、最高の応援と拍手を送ろうではないか」

学園長がそう言うと、生徒からわぁーという歓声と拍手が飛んだ。

プロスポーツ選手ってこんな感じなのかな……。

あぁ、無駄に緊張する……。

「サキちゃん、緊張してますか？」

リリア先輩が心配そうに覗き込んでくる。

「た、たくさんの人の前に立つのは嫌いで……」

「あんだけ強くて、なんでそんな感じなんだよ」

「まあ、人の苦手なものっていうのはそれぞれだからね」

ラロック先輩は呆れたように言うが、レオン先輩はフォローしてくれた。

しかし──

「……俺を簡単に倒せるくらい強いんだから、堂々としてればいいんだよ」

あ、あれ？　ラロック先輩が私に気を使ってくれた？　案外優しいところもあるんだな。

私が視線を向けると、それに気付いたラロック先輩は、ふんっと鼻を鳴らしてそっぽを向く。

「勘違いすんなよ。お前はぜってーいつか倒してやる。ただ、お前みたいなやつでもチームだからな。今みたいに緊張したまま動けなくなられると困るんだよ」

前言撤回。この人、次に戦う時も本気でへこませてやる……。

私とラロック先輩は互いに睨み合う。

「ふ、二人共！　試合前に味方同士でいがみ合わないでください！」

「始まる前から元気だね。この調子で頼むよ」

リリア先輩は慌てているものの、レオン先輩は余裕の表情だ。

壮行会はその後、各学年の代表が挨拶をして終了となった。

私の挨拶の時、謎に盛り上がったんだけどなんだったのだろう……？

半分くらいの生徒がスタンディングオベーションだった気がするよ。


壮行会が終わって、放課後――

今日は代表チームの特訓はないので、久しぶりにフランたちと特訓しようと思ったんだけど、アニエちゃんに「代表戦の前に怪我したらどうするの！」と言われてしまった。

ということで、私だけ先に屋敷に戻ってきた。

まずは、自分の部屋で着替えを済ませる。

ネルとの特訓もお休みなので、完全にフリーだ。

やることもないし、クマミを召還して、一緒にお昼寝でもしようかな……。

そんなことを考えていると、部屋の扉がノックされた。

「はい？」

「サキ、ちょっといいかな」

扉を開けて入ってきたのは、パパとママだった。

「休むところだったかな？」

「大丈夫だよ。どうしたの、パパ？」

「いや、サキに伝えておくことがあってね。君が前に報告してくれた、ミシュリーヌという女についてだ」

その言葉を聞いて、私は息を呑んだ。

パパは続ける。

「ひとまず入ってきた情報だけ伝えるよ。ミシュリーヌは今、学芸都市バウアにいるらしい」

「バウアって……」

確か、学園代表戦の対戦校がある街だ。

「その街でのミシュリーヌの目的は不明だ。でも、直近のイベントといえば……」

「学園代表戦……」

「その通りだ。だが、こういった街と街だったり、国と国だったり、色々な人たちが関係しているイベントっていうのは中止にしづらい。特に今回みたいな不確定の情報だけだとね。だから、サキには十分注意してイベントに臨んでほしい」

パパは真剣な顔でそう言うので、私は頷く。

「わかった……」

「それと、ミシュリーヌのことなんだが……」

パパが顔を少し伏せてから、再び私を見る。

さっきよりも表情が険しいけど、何かあるのかな？

そういえば、アクアブルムで戦った時に、ミシュリーヌは「フレルとキャロルによろしく」って……。

「ミシュリーヌは……ミシュは、僕たちが学生の時の友人だ」

「え……？」

それは驚愕の事実だった。ママが話を引き取る。

「私たちがまだ学生の頃、ミシュと私とフレルは仲が良くてね。お互いに競い合ったりして、楽しい日々を送っていたわ」

「まあ、競い合っていたのは、主にキャロルとミシュだったけどね」

「そんなことないわよ。あなただって模擬戦でミシュに負け越して、悔しそうにしてたじゃない」

パパとママは楽しそうに昔話をしている。

いいな、そういうの……。

でも、そんな人がどうしてテロリストなんかになってしまったのだろう？

「まあ、そんな話は置いておこう。中等科に上がった頃からかな。ミシュリーヌの様子がだんだん変わっていったんだ」

「様子が、変わった？」

ママは頷いた。

「急に余裕がなくなったというか、容赦がなくなったというか……ごめんなさい。ちょっと表現が難しいのだけど、でもその頃から、徐々に雰囲気が変わっていったのは確かよ」

「そして、中等科三年になった時、事件が起きた」

「事件……？」

「その年の対抗戦の最中、学園に侵入者が現れた。侵入者の狙いは、ミシュの応援に来ていた僕とキャロルだ」

貴族の子供を狙った誘拐か……。

脅しにはうってつけの人質だもんね。

「そして、侵入者を手助けしたのがミシュだった」

「そんな……」

パパの言葉に、私は愕然《がくぜん》とする。

だって、ミシュリーヌはパパとママと仲良しだったって……。

つまり、ミシュリーヌは友達を犯罪者に売ったのだ。

「後の調べでわかったのは、ミシュのヴェルネ家は、昔からテロ組織リベリオンと繋がりがあったこと。そしてその事件が、リベリオンに与《くみ》したヴェルネ家の手引きによって引き起こされたということだけだったわ。結局その襲撃は失敗に終わって、ミシュを含めたヴェルネ家の人間は姿を消したの」

「僕たちはその後、ミシュの情報を集めて回ったけど、リベリオンはなかなか尻尾《しっぽ》をつかませてくれない。だけど、これは最大のチャンスだ。もし、ミシュのことで何かわかれば、僕たちにすぐに教えてほしい。可能であれば彼女は僕たちの手で捕まえて、更生させたい。サキ、君には迷惑をかけるが、協力してくれないか……」

そう言って、パパとママは頭を下げる。

「……わかった。でも、条件がある」

「どういう条件だい？」

私はパパに答える。

「私はパパもママも大好き。でも、フランやアニエちゃん、他のみんなも大好きなの。もしミシュリーヌが、私の友達に危害を加えようとしたら、私は躊躇《ちゅうちょ》せずに彼女を倒す」

私がそう言うと、二人は一瞬、体をビクッとさせた。

だけど、これは絶対に譲れない条件だ。

私は前にミシュリーヌに負けている。

でも、ネルとの特訓の成果は大きい。

次は確実に倒せる。

パパはしばらく考え込んでいたが、やがて頷いた。

「……構わない。僕たちもこれ以上、友人がひどいことをするのは許せない」

「それなら、わかった。できるだけ頑張る」

「よろしく頼む……」

パパとママはもう一度頭を下げて、部屋を出ていった。

何事もなく代表戦が終わればいいけど……。

私はベッドにクママミを召還して、一緒に眠りについた。


「サキー出発するわよー」

「うん……」

アニエちゃんに呼ばれて、私は馬車に乗り込む。

代表戦は、学芸都市バウアにある魔法学園で行われる。

バウアは王都エルトからけっこう距離があるらしい。

今は朝八時。これから出発して、明日のお昼頃に到着するとのことだ。

バウアまでは街もないから、今日はどこかで野宿をしなくてはいけない。

ちなみに、今回バウアへ向かうのはフランとアニエちゃんとアネットと私の四人だ。

なんでも、代表選手は三人までなら応援に連れていっていいんだとか。

まあ、ミシュリーヌの話もあるから、パパたちはアネットを連れていくことに反対してたけど……アネットが駄々をこねて、仕方なく二人が折れたのだった。

パパとママは王都で公務があるので、来られないそうだ。

パパとママにいいところを見せたい気持ちはあったけど、わがままは言えない。

馬車の外ではパパとママが手を振っていた。

「それじゃあ、フラン。アネットのこと、よろしくお願いね」

「わかってるよ。母様」

「アニエちゃんも気をつけて」

「はい、キャロル様」

「サキ……」

パパが少し下を向いてから、顔を上げた。

「無理はしなくていいからな」

「……うん」

そうして、私たちはバウアに向けて出発した。

王都の門を出たところで、アネットのテンションは最高潮になった。

「久しぶりにお姉さまとお出かけですの！」

「そんなに嬉しい？」

「はいですわ！　お姉さま、アネットの魔法を今日も見てください！」

そう言ってアネットは、両手を出した。

「第一《シグル》フレア」

アネットの手に、リンゴくらいの大きさの炎が現れる。

そして、長細く形を変えて、さらにリボンの形になった。

「お姉さまに初めて見せてもらったようにできましたわ！」

そういえば、これは私がお屋敷に来た頃、アネットに教えたものだった。あれからけっこうな時間が経ってるな……。

あの時は炎の形を変えるのもおぼつかなかったアネットが、炎魔法の練習の第一段階である、炎の形状変更ができるようになっている。

「すごいね……」

私がアネットの頭を撫でると、彼女は嬉しそうに笑う。

「えへへ……」

妹の成長は早いものなんだなぁと、しみじみ思ってしまった。

「それじゃあ、次の段階に行こうか」

「はいですわ！」

少し席を動いて、私はアネットの横に座る。

「第一《シグル》フレア」

私はアネットと同じように、炎を両手に出して、彼女に見せる。

「一緒にやってみて」

「はいですわ、第一《シグル》フレア」

アネットも同じく炎を作る。

「これを……次はこうする」

私はリンゴの大きさの炎を、ピンポン球くらいの大きさまで小さくした。

「形を変えるだけならもうできますの！　むむむ……あ、あれ？」

アネットは炎を小さくしようとしているが、大きさは変わらない。

「な、なんでですの⁉」

「ふふふ……アネット、あのね……」

私はアネットに説明する。

炎魔法は、例えば十の魔力で炎を作った時、炎の全体量はいつも決まって十になる。

つまり、十の魔力で作った炎の形を変えることはできるが、その体積以上に大きくしたり、小さくしたりすることはできないのだ。

「じゃあどうするの？　増減しないなら、さっきのサキみたいに小さくできないんじゃない？」

アニエちゃんが尋ねてきたので、私は答える。

「だから、圧縮する」

「あっしゅく……？」

アネットは首を傾げる。

「うん、そうだなぁ……炎をぎゅーって詰め込む感じかな……」

「や、やってみますわ……」

アネットは炎を小さくすることに集中し始めたが、なかなか上手くいかない。

「でも、これができたら何がいいの？　小さくなっても当たりづらくなるだけじゃない？」

アニエちゃんにそう聞かれた時、確かにそういう考えもあるか……と思った。

「うーん、見てもらった方が早いかも」

私は両手を窓から外に向ける。

両手に現れた炎のうち、右手の炎を圧縮して、小さくする。

「第一《シグル》フレア」

「右手が圧縮した炎。左手が普通の炎。よく見てて……」

私は同時に二つの炎を放つ。

そして魔法を操作して、放った二つの炎同士をぶつけた。

すると、圧縮していない方の炎が散って、圧縮した炎は形を保ったまましばらく飛び続けていた。

「圧縮することで同じナンバーズでも威力が上がるの。これはワーズとは違うけど、重要な技術だよ」

アニエちゃんは感心したように頷く。

「へぇ……そういう違いがあるのね。でもそれなら、ワーズを使った方がいいんじゃないの？」

「確かにワーズは、速度や飛距離を伸ばす効果があるけど……その分多くの魔力を使うでしょ？　だけどこれなら、普通の魔法と同じくらいの魔力で威力が変わる。さすがにナンバーズが高い魔法には敵わないと思うけど……」

「なるほど」

アニエちゃんは納得したみたいだった。

アネットはまだ詳しく理解できていないだろうけど、いつかその効果を実感できるはずだ。

私は、必死に炎と向き合うアネットを微笑ましく見守った。

◆

王都エルトを出発した次の日。

私たちの馬車はバウアに到着した。

道中は特に問題なく、予定通りお昼頃に着いた。

バウアの門で通行証を見せて、学校指定の宿舎へ向かう。

「ここがバウア……」

私とアネットは馬車の窓から街の様子を眺めた。

街の大きさはエルトと変わらないけど、バウアは賑やかだ。

道には王都の商業区にあるような露店がたくさん並んでいる他に、サーカスのピエロみたいな人が芸を披露《ひろう》していたり、変わった動物のショーをしていたり、なんだか楽しそう。

それに、この街の料理……私の目は捉えていた。数ある露店の中に、甘栗が売られているのを！

もし、ここが中華街のような場所なら、中華が食べられるかも！

私の頭の中は明日の代表戦のことより、中華のことでいっぱいだった。

「宿舎に着いたら、街の中を歩いてみようか」

「うんっ！」

「はいですわ！」

私とアネットはフランの提案に元気に返事をして、また外を見る。

「アニエ、サキを見ててね……僕はアネットを見てるから」

「え？　何それ？　急に言われると怖いんだけど？」

フランとアニエちゃんが何か話しているけど、私は気にせずアネットとどこに行くかという話で盛り上がりながら、宿舎に着くのを待った。


宿舎に到着して荷物を預けると、すぐにみんなで街に出かけることにした。

お腹空いた……何から食べようかな。

私が歩き出そうとすると、左手を軽く引っ張られる。

「サキ、手を繋いで行きましょう？」

「え……？　うん、いいよ？」

珍しいなと思いつつ、私はアニエちゃんと手を繋ぐ。

よく見ると、アネットもフランと手を繋いでいる。

人混みではぐれないようにするためかな。

私たちはまず、さっき馬車で通った道に向かった。

「アニエちゃん！　あれ！　あれ見に行こ！」

「わ、わかったから、サキ、ちょっと待って……」

「お兄様！　あっち見に行きましょう！」

「アネット……あんまり引っ張らないでくれ……」

それから私たちは、お昼ご飯を食べるなどして、バウアの街を満喫して探索を終えた。

その後はみんなで宿舎に戻る。ちなみに宿舎は何種類かあって、自分で好きなところを選ぶことができた。

私の選んだ宿舎は旅館風になっていて、大浴場がついているらしい。

晩ご飯の前にみんなでお風呂に入ることにする。

大浴場は日本の旅館のように大きくて、ちょっとテンションが上がる。

さすがに富士山の絵はないけど……。

でも、壁にきれいな花の絵が描いてあるのを見ると、さすが学芸都市って言われるだけのことはあると、妙に感心してしまった。

私は体を洗ってから湯船に浸かる。

「ふぅ……」

私が一息つくと、アニエちゃんとアネットも湯船に入ってきた。みんな、タオルを頭の上に載せて湯船につけないようにしている。

この世界の文化って、よくわからないなぁ……箸はないけど、お風呂のマナーとかは前の世界と同じだなんて。

まあ、過ごしやすいからいいんだけど。

「はぁ……疲れが取れるわね……」

「アニエ様、おじい様のようですわ」

「え……？」

アネットに言われて、ちょっとショックを受けたらしいアニエちゃん。

彼女は慌てて言い訳をする。

「だって、サキがあんなに走り回ったり引っ張ったりするなんて思わなかったし……驚きと疲れが一気に……」

「え？　私のせい？」

そんなことを話しながらしばらく湯船に浸かっていると、聞き覚えのある声が聞こえてくる。

「あれ？　サキちゃん？」

振り向くと、バスタオルを巻いたリリア先輩がいた。

「リリア先輩、こんにちは」

「ふふ……もう夜に近いですけどね。はぁ……」

リリア先輩が私の横で、お風呂に浸かる。

見た目はまだ子供なのに、仕草が大人な人だ……色っぽいというか、艶《つや》っぽいというか……。

「前にバウアに旅行で来た時に、家族でこの宿舎に泊まったんです。またこのお風呂に入りたくてここにしたんですよね……相変わらず気持ちいい……」

この世界の子供はみんな大人びているのかな？

小学四年生で温泉が好きってなかなか渋いと思うんだけど……。

「アニエちゃん、色々大変みたいですけど、元気そうで何よりです」

リリア先輩はアニエちゃんにも声をかけた。私は首を傾げる。

「二人は知り合いなの？」

「家の繋がりでちょっとね。それにしても、リリア先輩は対抗戦のＭＶＰなんてすごいですね」

「いえいえ、そんなことは。サキちゃんを見てると、自分がまだまだだと思いしらされます」

アニエちゃんは苦笑する。

「それは、まあ……そういえば、あの話ってほんとなんですか？」

私はアニエちゃんの話が読めず、尋ねる。

「あの話って……？」

「リリア先輩の許嫁《いいなずけ》がラロック先輩に決まったって話よ」

「えぇ!?」

い、許嫁!?　あのムカつくラロック先輩が、きれいなリリア先輩の結婚相手!?

「ふふふ……そんなにびっくりしなくても。私みたいに十歳で許嫁がいるのは、貴族では珍しくないんですから。まあ、決まったのはつい最近なんですが。ラロックさんももう少し自覚を持ってほしいんですけど……」

「あのラロック先輩ですもんね……」

私は苦笑いして応えた。すると、リリア先輩は思い出したように言う。

「そういえば、レオン先輩もこの宿舎にいるらしいですよ」

「へえ、そうなんですか」

偶然だけど、私たちのチームのうち三人が、この宿舎を選んだわけだ。

「ところで、サキちゃんはレオン先輩とどんな感じなんですか？」

リリア先輩が目を輝かせて聞いてきた。

どんな感じって言われても……。

「あ、それ、私も気になってた」

さらにアニエちゃんも食いついた。でも、みんなに気にされるようなこと、あったかな？

私は思い当たる節がなく、首を傾げる。

「あ、あれ？　その顔はあんまりピンときてない？」

リリア先輩ががくっと肩を落とす。アニエちゃんは呆れたように私に言う。

「サキ、最近レオン先輩と学校でずっと一緒にいるから、二人はいい感じになってるんじゃないかって噂になってるわよ。飄々《ひょうひょう》と女性のアプローチを受け流すあのレオン先輩が、唯一気に入った女の子だって」

「えぇ!?」

そんな噂が立っているなんて……ただ屋上で模擬戦したり、魔法の勉強をしたりしていただけなのに……。

いや、確かに考えてみれば、憧れの先輩に勉強や部活のことを習いに行く後輩みたいに見えるのか。

「それで、実際どうなんですか？　やっぱりレオン先輩からアプローチされてたり？」

リリア先輩が詰め寄ってくる。アプローチと言われても……直近の出来事でいえば、掌打をいくつか受けたくらいかな。

「あ、リリア先輩。この顔は何もないやつですね」

「そうなんですか？　ちょっと残念」

二人して私の表情を読まないでよ……。

「でも、サキちゃんだって女の子ですし、いつもお昼を一緒しているレオン先輩が他の女の子といるところを見たら、嫌な気持ちになるんじゃないですか？」

「うーん……」

あのイケメンのレオン先輩の周りに、私以外の女の子……。

あ、どうしよう。すごく簡単に想像できる。

「あんまり嫌じゃなさそうですね……」

「あのレオン先輩に興味のない女の子も珍しいけどねぇ」

リリア先輩とアニエちゃんに言われて、少し考えてみる。

私はレオン先輩にそういう感情を抱いたことはない。

そもそも、前世でまともな恋愛をできなかった私は、異性に対する『好き』という感覚がだいぶひねくれている。

「好きって……何？」

私は二人に尋ねてみた。

「え？　む、難しいことを聞きますね……うーん、なんて言ったらいいのかな……」

リリア先輩は悩んだ末、話し出した。

「人によるかもしれませんけど……例えばその人といて落ち着くとか、その人が傷ついたら自分のことのように悲しいとか、そんな感情になる人でしょうか？　私もまだよくわかんないんですが……レオン先輩といる時はそんな気持ちになりませんでした？」

「うーん……」

レオン先輩と一緒にいる時……落ち着く感じはあったかな？　後は勝ちたい一心で魔法のことばっかり考えてたし……。

「そんな気持ちになったことはなさそうですね……」

「サキちゃんは美人さんになりそうですし、レオン先輩とお似合いだと思ったんですけど……」

アニエちゃんとリリア先輩がため息をついた。

「シチュエーション的には十分、恋の始まりなんですが……」

「ですよね！　はぁ……学園最強の先輩と英雄になった後輩の恋……素敵です……」

リリア先輩がうっとりと恋する乙女みたいな目で私を見る。

そんな目で見られても……。

それにしても結婚かぁ……私もいつかこの世界で素敵な人と出会って、子供ができて、幸せな家庭を持つことになるのかな。

ぼんやりと考えながらお湯に浸かっていると、アネットがのぼせそうになっていたので、みんな一緒にお風呂を出た。それからは明日の代表戦に備え、ゆっくり体を休めた。


代表戦当日――

私は先輩たちと一緒に馬車に乗って、バウアの魔法学園に向かう。

代表戦の会場は、いつもバウアかエルトの学園だそうだ。

去年はエルトで代表戦があったから、今年はバウアになったとレオン先輩が教えてくれた。

会場に到着すると、控え室に案内される。

ちなみに、中等科以上の先輩方は別のところで同時にやるらしいから、控え室には初等科の四人だけ。

中に入ると、すでに相手の選手が待機していた。

「よぉ、レオン！　やっぱり今年もお前が代表だったんだな！」

肌がいい感じに焼けた男の人が、手を上げてレオン先輩に挨拶してきた。

「そっちこそ、今年も選ばれてたんだな、ロイ」

「当たり前だろ！　今年のうちはつえーからな！　覚悟しろ！」

「いや、残念だけど、今年もうちが勝つよ。いい子が入ってきてくれたからね」

レオン先輩はそう言って、私をチラッと見る。

ロイと呼ばれた人も私に視線を送った。

「こんな小せえやつに期待してんのか？　お前らしくもない」

小さいとは失礼な。これから伸びるし、大きくなるから！

レオン先輩は不敵に笑う。

「ふふ……そう言ってると、足元をすくわれるよ」

「ふーん……本気みたいだな。おい、期待の後輩！　俺はロイ・トゥリアフ。バウアの初等科六年代表だ。よろしくな」

「よろしくお願いします……」

私は挨拶だけして、リリア先輩の後ろに隠れる。

けっして人見知りが発動したわけではない。うん。

「すまない。ちょっと人見知りする子でね」

ちょっと！　レオン先輩！

そんなやり取りをしていると、もう一人のバウアの選手が近づいてきた。

「あぁ！　愛《いと》しのリリア嬢！　前にも増して美しくなられて！」

その男子生徒はリリア先輩の前にやってきて、お辞儀をする。

なんだこの変な人……確かにリリア先輩は可愛いけど。

リリア先輩は苦笑いしながら、挨拶を返す。

「え、えぇっと……お久しぶりですね、ジェルノさん」

「えぇ、私は代表に選ばれてから、この日を待ちわびていました！　去年出会ってから、私の心はあなたに釘づ……」

「おい、うるせぇから早くどけよ」

ジェルノと呼ばれた人を、ラロック先輩が睨む。

「おやおや、これはこれは……去年私の華麗なる魔法になす術《すべ》なく敗れたラロックではないか。今年も代表に選ばれるとは、そちらの五学年はよっぽど人材不足らしいね」

な、何この人！　うちの学園のことを馬鹿にして……ラロック先輩も黙ってないでなんか言い返してよ！　ラロック先輩だって馬鹿にされてるんだよ！

「ジェルノさん、ラロックさんはもう私の許嫁です。その人に対しての侮辱《ぶじょく》的な物言いは、あまりいい気分ではありません」

黙り込んでしまったラロック先輩の横で、庇うようにリリア先輩が言い返した。

「おや、そうでしたか。ところでリリア嬢、本日はカトリー侯爵と夫人は見に来られるのかな？」

ジェルノとやらは、ラロック先輩がリリア先輩の許嫁だってことを何も気にしていないように尋ねた。

カトリーって、リリア先輩の家だよね？　そんなことを聞いてどうするんだろう……。

リリア先輩も困惑しているようだ。

「え？　えぇ……見に来ると聞いていますが……」

「それはいい！　ここで見せつけてあげましょう！　リリア嬢にふさわしいのはこのジェルノ・ブローニュということをね！」

そう言って高らかに笑いながら、ジェルノさんは自分の椅子に戻っていった。

ラロック先輩……なんで言い返さないんだろう？

「ジェルノは相変わらず自信満々だな！　そうだ、どうせなら他の二人も紹介してやる！　リンダ！　ノエル！　こっちに来い！」

「は、はい！」

「えー、めんどくさいから嫌でーす」

ロイさんに呼ばれ、一人の女子生徒が駆け寄ってきた。

先輩に呼ばれたはずなのに、もう一人はツーンと椅子に座っている。

「あの生意気なのが、今年新しく四学年代表になったリンダ、こいつが三学年代表のノエルだ」

三学年……それじゃあ、私と同じ学年の子だ。

「ノエル・コスネフロワと言います……」

あぁ、自信のなさそうなところにシンパシーを感じるな……。

ノエルさんは私と目が合うと、ちょっと困ったような笑みを浮かべる。

すごく親近感が……試合が終わったら仲良くなれないかな。

「ま、お互い頑張ろうな！」

ロイさんが笑いながらレオン先輩と握手をする。

大丈夫かなぁ……みんなかなり強そうだ。

私はそんなことを考えながら、リリア先輩と一緒に椅子に座って、代表戦開始まで待機することにした。


「そろそろ代表戦が始まりますので、選手の皆さんはこちらにお願いします」

しばらくして案内係の生徒が控え室に入ってきて、私たちに声をかけた。

それを聞いて、ロイさんがガタッと音をたてて立ち上がる。

「待ちくたびれたぞ！」

私たちは会場の体育館へ向かう。

体育館の入り口を案内の生徒さんが開けてくれたので、私たちは中に入った。

体育館といっても、めちゃくちゃ広い。なんか陸上競技場くらいありそうな感じ。

まあでも、魔法を撃ち合うためには、これくらいの広さはいるよね。

「さぁ！　皆様、ご注目ください！　今年の代表選手の入場です！」

なんだか聞き覚えのある声でアナウンスが流れる。ヤスミナ先輩来てたんだ……。

そんな私の様子に気付いたのか、レオン先輩が教えてくれる。

「ヤスミナの司会や実況は一昨年から評判がよくてね。特に熱の入った実況は、バウアでも人気になってるんだよ」

私が納得して頷いている間にも、アナウンスは続く。

「解説のマルキーズさん、今回の試合はどうですか？」

え？　解説までいるの？

というか、マルキーズって誰？

「お、うちのマルキーズもいるんだな。今年の初等科の代表戦はなかなか力が入ってるぞ！」

ロイ先輩が嬉しそうに言う。バウアのヤスミナ先輩みたいな人ってことね……。

そのマルキーズさんが話し始める。

「バウア代表は六学年のロイ選手は言わずもがな、四学年のリンダ選手に注目したいです。なんせ彼女は、この一年で急激に力をつけてきていますからね。そちらの選手はどうですか、ヤスミナさん」

「うちはなんといってもエース、六学年レオン選手……と言いたいところですが、もう一人、三学年のサキ選手からも目が離せません」

えぇ!?　私!?

突然私の名前が出てきたので、驚いてしまった。

「ほう、しかし最年少の三学年の選手が戦況に影響を与えるのは、例年の戦いを見ても少々無理があるのではないですか？」

「いやいやいや、それがこちらの情報によりますと、サキ選手は今日までこっそりとレオン選手と特訓をしていたそうなんです」

なんで知ってるの⁉　誰だ、情報リークしたの！

「それでは、レオン選手との連携などにも注目したいですね」

「その通りです！」

うぅ……恥ずかしい……。

私は顔を俯けながらリリア先輩の後についていき、所定の位置につく。

「それでは、バウアの学園長先生より、開催の挨拶をいただきます」

ヤスミナ先輩がそう言うと、観客席でもひときわ豪華な椅子に座っていた二人のうち、一人が立ち上がる。

あれがバウアの学園長先生か。長くて白い髭《ひげ》はうちの学園長先生と一緒だ。

「今年もこのように、エルトの学園と共に無事代表戦を迎えられたことを嬉しく思う。互いの学園で磨き、工夫し、鍛え上げた魔法、武術……それら全てを出しきり、選手一人一人がよき戦いになるよう頑張ってほしい。この試合を見ることで、諸君らに感銘《かんめい》を受ける生徒もいるじゃろう。それが憧れになり、そしてまた新たな逸材《いつざい》の開花への導《しるべ》となる。そうやって過去の先輩たちからの歴史、導《しるべ》を頼りに、今日《こんにち》の代表戦があるのじゃ。歴史に刻まれる誇り高い試合を期待する。以上じゃ」

バウアの学園長の挨拶が終わり、全員が拍手する。

どうしよう……あんな真面目な挨拶をされたら、緊張してきちゃった……。

「それでは、そろそろ試合開始です！　選手は空間魔法の魔法陣の上に乗ってください！」

放送を聞いて、それぞれの選手が魔法陣の上に乗る。

この後、私たちはフィールド内にランダムに飛ばされることになる。

も、もう腹を括《くく》ろう！　大丈夫、私は強い！

「それでは！　初等科代表戦、スタートです！」

ヤスミナ先輩の合図と共に、空間魔法が発動した。

私が飛ばされた先は森だった。

レオン先輩の作戦通り、みんなに合流しないと……。

私はまず、魔力探知で近くに誰かいないかを確認する。半径二十メートルの範囲には誰もいない。

とにかくレオン先輩を捜《さが》そう。

そう思って私は飛脚を使おうとした。しかしその瞬間、地面が大きく揺れた。

「きゃっ！」

私はバランスを崩して近くの木につかまる。

しばらくして揺れは収まった。

地震……？　いや、相手の攻撃って考えた方がいいかな。

とりあえず私は、今の場所から離れようとした。だが、すぐに足が止まる。

「何これ……」

私の目の前には大きな土の壁があった。

こういうフィールドなのかな……？

いや、違う。

こんな森の中に、不自然に盛られた土の壁があるなんておかしい。

「魔視の眼」

私は壁に流れる魔力を見る。

やっぱり……この壁は誰かの魔法で作られたものだ。

通常の壁なら自然の魔力が地面から流れてくるのが見えるのに、この壁は魔力の流れが不自然だ。

流れている魔力の源をたどっていけば、敵を見つけられるかも。

どうしよう……集まることを優先すべきか、先に一人倒すか。いや、壁の先にいるのが一人とは限らないか。

「おい、何してんだ」

「ひゃあ！」

考え事をしていると、急に後ろから声をかけられた。

振り向くとラロック先輩が立っていた。

「ラロック先輩……急に話しかけないでください……」

「はぁ？　俺が敵だったら同じこと言えんのかよ」

それはまあ、そうなんだけど……。

「歩いてたら、お前がいたんだよ」

「そうですか……」

「それで、何をぶつくさボヤいてたんだ？」

「えっと……」

私はこの壁のことと、敵がいるかもしれないことを伝えた。

「なるほどな……今年はこう来たか」

「え……？」

私はラロック先輩の言葉の意味を理解できず、首を傾げた。

「去年の代表戦は、最初に霧が出てきてフィールドの視界が悪くなったんだ。あいつらはそうやって、まず戦う場所を自分たちに有利になるように調整するんだよ」

「それじゃ、この壁も？」

「おそらく向こうの作戦だろ。どんな作戦かは知らないが、都合が悪い。こんなものがあったんじゃ、俺たちが合流するのに時間がかかる」

「先に壁の人を倒しますか？」

「……」

ラロック先輩はしばらく考えてから、口を開いた。

「いや、合流を優先しよう」

「……了解」

私たちは壁の魔力の流れから、敵のいないと思われる方へ進む。

壁を壊すことも考えたけど、ラロック先輩に止められた。

壁に魔力が流れているのなら、他に何か仕掛けがあるかもしれないとのことだった。

この先輩、意外と優秀?

初めての特訓の時は、オージェみたいに先走って失敗するタイプかと思ってたんだけど……。

私たちは無言のまま走っていく。

空気重いなあ……。

どうしよう、何か話した方がいいかな。

「そ、そういえば、リリア先輩の許嫁になったそうですね……おめでとうございます?」

「なんで疑問形なんだよ」

ラロック先輩がそう言って、またしばらく沈黙が流れる。

森を抜け草原地帯に出たところで、先輩がため息をついた。

「リリアの許嫁は、ジェルノの予定だったんだよ」

「え?」

それじゃあ、あのジェルノさんとかいう人は、許嫁になる予定だったのをラロック先輩に取られちゃったってこと?

「もともと、リリアのカトリー家とジェルノのブローニュ家は仲が良くてな。前々からブローニュ家からそういう話を持ちかけられていたらしい。でも、リリアがそれを拒否したんだ」

「拒否できるものなんですか……?」

「まあ、カトリー家は侯爵家で、ブローニュ家はそれよりも格下の伯爵だからな。断ったとしても特に問題はないだろ。それに、カトリー家とブローニュ家の仲は今でも良好だ」

私はさらに尋ねる。

「それで、リリア先輩はラロック先輩を選んだんですか？」

「まあ……そうだな。あいつとは侯爵家の集まりで一度会っただけだったし、なんで俺？　とは思ったが。それに俺は……いや、やっぱりいい。そろそろ草原を抜けるぞ」

ラロック先輩がそう言うと、今度は岩石地帯に出た。

けっこうな距離を走ってきたが、一向に人影が見つからない。

ん……？

「止まってください……」

私はラロック先輩を呼び止める。

魔力探知を頻繁《ひんぱん》に使いながら動いていたのだけど、少し先に人の反応があったのだ。

もう一度、魔力探知を使用し正確な位置をつかむ。

「どうした？」

私はラロック先輩に報告する。

「ここから北の方向の崖下に誰かいます……」

「味方かどうか判断はつくか？」

私は精度を上げて、再び魔力探知を発動する。

精度を上げれば細かい魔力の違いまではっきり出るから、レオン先輩かリリア先輩の魔力ならすぐにわかる。しかし――

「……敵です」

「わかった。じゃあ、そこは避けて……」

「……！　危ない！」

私はラロック先輩を突き飛ばす。

私が探知した相手から、魔法が飛んできたのだ。

たぶん、水魔法かな。それを銃弾くらいの大きさにして放ってきている。私たちに当たらなかった弾は、地面にめりこんだような跡を残していた。

崖の方を見ていると、ジェルノさんが姿を現した。

「おやおや、近くで虫がこちらを見ていると思ったら、ラロックと期待の新人サキさんか。いやはや、これは運がいい。これでカトリー侯爵様に、許嫁の件を再考していただけるだろうからね！」

「おい、サキ。こいつの魔法は規模がでかい。二人でダメージを受ける前に、お前は先にレオン先輩とリリアに合流しろ」

ラロック先輩は冷静に戦況を分析しているようだ。

「……大丈夫ですか？」

「後輩が生意気に先輩の心配すんな。大丈夫だ。こんなやつに渡さねぇよ……勝利もリリアもな」

ラロック先輩はこちらを振り向かずに告げた。

確かに、合流前に二人での撤退が難しい場合は、一方を逃すようにレオン先輩に言われていた。

私はラロック先輩を残して、その場から離れた。

10　それぞれの戦い

「いいのかな、ラロック？　君一人では私の足止めにもならないと思うが」

「はっ！　言ってやがれ、ジェルノ。今すぐに吠《ほ》え面《づら》かかせてやるぜ。第四《クアル》クリエイト・ショット！」

「第五《クイル》アクア・ウォール」

俺、ラロックの土魔法が、巨大な水の壁で防がれる。

「アーンド……ウェーブ！」

巨大な水の壁がそのまま波になって、俺に襲いかかってくる。

「第三《トリル》ウィンド！」

俺は風魔法で高く跳び上がり、波を避けて近くの岩に着地した。

それにしても、こいつの魔法、去年よりも規模と威力が増してやがる。

「相変わらず避けるのは上手いようだな。だが、それもいつまで続くかな！」

ジェルノはそう言うと、先ほどの魔法の名残《なごり》で岩場の間を流れている水を操り、小さい渦《うず》のように変形させて攻撃してくる。

俺は風魔法で空中を移動しながら、渦を避けていく。

常に飛び回っていないと捕まるな……。

「どうした！　今年も逃げの一手かい⁉　まあ仕方ないか。君はブロクディス家でも落ちこぼれだからね！」

「……！」

ジェルノはさらに渦を放ってくる。

俺は避けようとするが、先を読まれて違う渦に呑まれた。

「ははは！　やっと捕まえたよ！　チョロチョロとすばしっこいネズミだな！」

「ぐはっ！」

渦に巻き込まれ飛ばされた俺は、岩に衝突した。

「所詮は侯爵家の落ちこぼれ。君はそのまま地面でのたうち回っているのがお似合いさ。なのに代表戦なんて場にまで図々しくも踏み込んで、私からリリア嬢まで奪うとは……まったくとんだ泥棒ネズミだ」

「あぁ、そうだよ。俺は落ちこぼれだ……」

俺の家、ブロクディス家は代々草《ウィード》属性に特化した魔法を扱う家だった。

だが、俺は小さい頃から草《ウィード》属性の魔力が薄く、普通に使えた魔法は土と風。

歳の離れた兄貴は、比較的草魔法に適性があったことも相まって、俺は落ちこぼれの弟だと蔑《さげす》まれる毎日だった。

だから、俺は努力した。

草魔法に特化した一族？　そんなことは知らない。

俺はこの土魔法と風魔法で、俺の邪魔をするやつらを全員なぎ倒せるように、鍛錬《たんれん》した。

鍛錬だけじゃない。戦闘の知識や魔法の工夫……そんなことだけを考えて生活していた。

いつか兄貴を倒すため、家族に俺を認めさせるため……そして気が付けば、学園の同学年で俺に敵うやつはいなくなった。

その時、正直調子に乗っていたんだと思う。

去年、四学年代表になった時、ジェルノにぼろ負けした。

なす術がなかった。ブローニュ家は水魔法が得意な家で、こいつは伯爵家とはいえ、神童と呼ばれるにふさわしいだけの才があった。

先輩がこいつを倒してくれたから、試合自体は勝った。

だが俺は、まったく嬉しくなかった。

結局天才には勝てないのかと、諦めかけた。

「ふん。わかっているのならさっさと諦めたまえよ。惨《みじ》めにはいずり回れば家の名を汚《けが》す。大人しく私の華麗な魔法にひれ伏すがいい！」

そう言ってジェルノは、さらに水の渦を発生させ、俺に向けて飛ばしてくる。

そうだな……やつの言う通り、俺は惨めで汚いかもしれない。

でもな……。

「な、なんだ⁉」

「惨めで汚い努力から生まれた、俺の秘策だ！」

俺は大きな蓮《はす》の花の上から、ジェルノを睨んだ。

「いくら悲しかろうが辛かろうが、諦めて努力の手を止める方がよっぽど惨めだろうがぁ！　それを教えてくれた女が俺を選んでんだ！　お前みたいなやつにリリアは渡さねぇ！　第五《クイル》プラント・アレスト！」

俺はジェルノに向け、草魔法を放った。

◆

空間魔法で飛ばされた先は湖か……。

僕――レオンの目の前には大きな湖が広がっていた。

こんなところで、ジェルノとは会いたくないね。

なんせ、ブローニュ家は水魔法の名家だ。ロイと戦う前に消耗することは避けたい。

とりあえず近くに人の気配はない。

僕は湖を離れて近くの林に入る。

さて、最初に誰に出会うかな。

しばらく林の中を歩いていると、大きな地震に襲われた。

「おっと……」

地震が収まると、少し先に土の壁ができていた。

壁に近づいてよく見ると、魔法でできているということがわかった。

……合流する作戦が読まれたかな。

この壁のせいで、合流が難しくなる可能性は高い。

普通なら、仕掛けを警戒して壁を壊そうとは思わないからね。サキならやりそうだけど。

「あ、レオン先輩！」

色々考えているところに、壁沿いにリリアが走ってきた。

「リリア、無事だったかい？」

「はい。なんなんですか？　この壁」

「おそらく相手の作戦じゃないかな。僕たちの合流を読まれたかもしれない。こんな壁があるんじゃ、仲間を捜すのに苦労するからね」

リリアは焦ったように言う。

「じゃあ、ラロック先輩とサキちゃんに合流できないってことですか⁉」

「いや、確実に合流できないってわけじゃないよ。全員ランダムに飛ばされているし、壁も永遠に続いているわけではないだろう」

「それなら、早く行きましょう！　もしかしたら、ラロック先輩たちはもう敵と遭遇してるかもしれません！」

僕は、走り出そうとするリリアを呼び止める。

「あ、リリア。ちょっと待って」

「はい？」

「第六《セクル》ユニク・無効《バニッシュ》！」

リリアに魔力打ち消しの魔法を放つ。

僕は事前に味方全員に、注意しておいた。

もし偽物かもしれないと思ったら、この魔法を使って確かめるから逃げないでねと。

しかし、リリアは咄嗟に横へ避けて僕を睨む。

「レオン先輩……なんで私が偽物ってわかったんですか？」

話しながらリリアの姿が変わっていく。

確かこの子は、さっき控え室でロイが呼んだ時に無視した子だ。

「まあ、いいです。ご機嫌よう、レオン先輩。バウアの四学年代表、リンダ・フランソワと申します。エルトの不動のエースに会えて光栄ですわ」

フランソワ……闇《ダクネ》属性魔法を得意とする家だな。

厄介だ……僕とは相性が悪い。

僕はリンダから目を離さずに、闇《ダクネ》属性魔法への対策を頭で練り始めた。

彼女は話を続ける。

「それにしてもレオン先輩、後輩に魔法を撃つなんて、あんまりじゃないですか？」

「ただの確認のための魔法さ。怪我をすることはない。それに、許嫁になった人のことを『先輩』

なんて呼ぶと思うかい？」

「なるほど……そうだ、レオン先輩。私、レオン先輩に聞いてみたいことがあったんです」

リンダがそう言って、一歩踏み出す。

その瞬間、左側から何かを感じて後ろへ飛ぶと、土の壁に何かがめり込んだような跡がついた。

「あら、よくおわかりになりましたね」

「まあね……最近、ちょっと刺激的な特訓をしていたから、感性が鋭くなってるんだ」

なんだ……？　見えない魔法？

フランソワ家の闇魔法による幻覚だろうか？　いや、僕に魔法がかかったような感じはしなかった。

それに、攻撃の気配を感じてから壁に到達するまでの速さを考慮すると、幻覚で隠すには無理がある。

対象を周りの風景に溶けこませるのが闇魔法の幻覚だが、対象が高速で動き続けていれば、必ず周りの風景と差が生じて違和感が出る。

サキくらいの超高度な魔力操作と、複数属性の魔力を扱うセンスがあれば別だけど……。

いや、闇魔法の名家、フランソワ家なら可能なのか？

サキができるのだから、他の人間ができないという道理はない。

仮にそんな魔法が可能だとして、では、あの壁にめり込むほどの攻撃はなんだ？

リンダもサキと同じくらいの威力を持つ魔法を使えるのか？　いや、リンダからサキのような怖い印象は受けないが……。

「では、こんなのはどうでしょうか？」

「……⁉」

僕は慌てて横へ避ける。すると、さっきまで立っていた地面に、大きな爪でえぐられたような跡がついた。

僕は見えないところから来る攻撃を避け続ける。

見えなくても、空気の動きや音などの感覚を研《と》ぎ澄《す》ませば、いくらでもヒントはある。

考えろ。思考を止めるな……どうすれば、高度な闇魔法を発動させながら、他の攻撃魔法を使える？

魔法というのは、サキのような付与魔法《エンチャントマジック》を除けば、基本的に一度の魔法で一属性しか使えない。

だからこそ、違う属性の魔法を組み合わせる場合は、最初の魔法を使用してから次の魔法を発動するまでの時間を、極力短くすることが重要になる。

普通に考えれば、この子はその時間が極端に短いという解釈になるが……。

「ふふふ……だんだん焦ってきてますわね。額に汗をかいてらっしゃいますよ？」

「まあね。素晴らしい魔法だよ。でも、攻撃を隠せる魔法が使えるなら、自分の姿を消して僕を襲った方が良かったんじゃないかい？　わざわざリリアの幻覚を自分にかけてまで近づく必要はないだろう」

なんでもいい。情報を引き出せ……。

相手の一挙手一投足を見逃すな。相手の発言を聞き逃すな。些細《ささい》なことからでもヒントは得られる。

僕は、目を凝《こ》らしてリンダを見つめた。

◆

私――リリアはとにかく誰かを捜そうと走っていました。

さっき大きな地震がありましたけど……もう戦闘になったのでしょうか？

しばらく走っていると、岩石地帯に入ります。

「……⁉」

岩石地帯のはずなのに、波打つような水が見えました。

これは……ジェルノさんの水魔法？

私は岩の影から水の流れてくる方向を覗きました。

「ぐはっ！」

ジェルノさんの生み出したであろう水の渦が、ラロックさんを巻き込み、岩に衝突する場面が目に飛び込んできます。

す、すぐに助けに……。

「所詮は侯爵家の落ちこぼれ。君はそのまま地面でのたうち回っているのがお似合いさ。なのに代表戦なんて場にまで図々しくも踏み込んで、私からリリア嬢まで奪うとは……まったくとんだ泥棒ネズミだ」

なんてことを言うのですか……。

確かにブロクディス家は草魔法の名家で、ラロックさんは草魔法が得意ではありません。そんな彼に冷たく当たる方もいたと思います。

でも、それでも……。

「あぁ、そうだよ。俺は落ちこぼれだ……」

ラロックさんはダメージが大きいのか、少し咳《せ》き込みながら答えました。

そんなことはないです……ラロックさんは落ちこぼれてなんていないんです……。

だって、私だったら、家の血筋に頼らずに努力をすることなんてできない。

去年の試合だって、ジェルノさんに太刀打ちできなかったかもしれないけど、ラロックさんは最後まで諦めていませんでした。

傷ついても、苦しくても、諦めず考えて、動いて、相手をまっすぐ見つめる姿を見ちゃったら……。

「ふん。わかっているのならさっさと諦めたまえよ。惨めにはいずり回れば家の名を汚す。大人しく私の華麗な魔法にひれ伏すがいい！」

ジェルノさんが手を上げると、水の渦がラロックさんを襲います。

私は息を呑んで見つめることしかできませんでした。

渦がラロックさんに直撃する――そう思った私はギュッと目を閉じました。

「な、なんだ⁉」

ジェルノさんが驚いた声を出したので私も目を開けると、そこには大きな花があり、花の中にラロックさんがいました。

「惨めで汚い努力から生まれた、俺の秘策だ！」

あれは、ブロクディス家の方がよく使う草魔法【花《はな》の守《まも》り】……⁉

最近、ラロックさんが草魔法の練習をしていたのは知っていましたが、とうとう身につけたのですね……。

「いくら悲しかろうが辛かろうが、諦めて努力の手を止める方がよっぽど惨めだろうがぁ！　それを教えてくれた女が俺を選んでんだ！　お前みたいなやつにリリアは渡さねぇ！　第五《クイル》プラント・アレスト！」

な、な、なぁ⁉

ひ、人前で何を言ってるんですかぁ！　すっごい恥ずかしいんですけど！

いや、そんなことを言っている場合ではないです。ラロックさんが発動した魔法の規模はかなり大きい。

巻き込まれるとまずいので、私はその場から離れて、他の二人を捜すことにしました。

けっして恥ずかしさのあまり、この場にいられなくなったとかではありません……。

とりあえず、後でラロックさんにはお説教です！

私はそう自分に言い聞かせて、レオン先輩とサキちゃんを捜しに向かいました。

◆

私はラロック先輩と別れてから、レオン先輩とリリア先輩を捜していた。

でも、全然見つからない……。

さっきから大きな音が聞こえてくるけど、レオン先輩かリリア先輩が戦闘になったのだろうか……。

とりあえず私は、壁沿いに音のする方へ走っていく。すると、岩石地帯を抜けたところで、湖に到着した。

やれやれ……こんな壁に分断されていなければ、きれいな湖だったのに……。

そんなことをのんびりと考えていると、壁の向こう側から大きな音が聞こえてきた。

向こうで戦闘になってる……？

その時、後ろの方から足音が聞こえて、私は慌てて身構えた。

「サキちゃん！　私です！」

駆け寄ってくる人をよく見ると、リリア先輩だった。

「無事だったんですね。レオン先輩は？」

私はリリア先輩に答える。

「見てないです。私はラロック先輩といたんですけど……ジェルノって人と会って、ラロック先輩が残るって……」

「うん、私も二人の戦闘を見ましたよ。大丈夫、ラロックさんなら……」

そこで、リリア先輩が顔を赤くした。

「リリア先輩？」

「え⁉ ううん！ なんでもないですよ！ ラロックさんなら大丈夫です！ はい……」

なんか照れてる？ まあ、いいか。

私はリリア先輩に報告する。

「さっき、この壁の向こうで音が聞こえました」

「やっぱり？ うーん、壁を壊すのは手かもしれませんけど、罠だと怖いですしね……」

二人してうんうん考えていたその時――

ふいに魔法の気配を感じて、私は後ろへ飛んだ。

リリア先輩もわかっていたのか、私と反対の方へ退避している。

その瞬間、私たちがさっきまで立っていた位置に炎の球が落ちてきた。

私が上空を見ると、さらに大きな炎の球が飛んできているのが見える。

って、大きすぎない⁉

まるで太陽が降ってきているみたいなんだけど⁉

私は全速力でその場を離れる。

炎が落ちた瞬間、轟音《ごうおん》が響いた。そこには大きな穴ができて、ところどころ地面が熱せられ赤くなっている。

「サ、サキちゃん！　大丈夫!?」

リリア先輩が私のところへ走ってくる。

「大丈夫、です……」

すると——

「なんだ？　面白そうな魔力の気配がするから来てみれば、レオンの期待の後輩じゃねーか！」

声がした方を見ると、炎を手に浮かべたロイさんが、木の上からこちらを見下ろしていた。

「レオンとやりたかったんだけど、その前の準備運動にはちょうどいいか」

ロイさんがそう言うと、場の雰囲気が一気に重くなったように感じた。

これは、もう逃げるとかそういうレベルじゃないかも……。

私は覚悟を決めて、戦闘のために構えた。

「ダ、ダメだよ！　サキちゃん、逃げよう!?」

戦う構えを見せる私に、リリア先輩が叫んだ。

私は首を横に振る。

「……たぶん、逃げられません」

「でも、相手は『爆炎《ばくえん》』の二つ名を持つロイさんだよ!?　三年と四年の私たちだけじゃ……」

「何ごちゃごちゃ言ってんだ！　いくぜ！　第四《クアル》フレア！」

ロイさんが炎魔法を放った。いや、数が尋常じゃないんだけど!?

これは手加減とか言っている場合じゃない……。

「第六《セクル》アクア・アイスウォール！」

私は目の前に大きな氷の壁を作り、炎を防ぐ。

水魔法は、使用者のイメージ次第で状態を変えることができる。

水がもとになっていれば、氷でも霧でも作り出せるのだ。

「ネル流魔武術スキル・【陽ノ型《ようのかた》・天照散雲蹴り《てんしょうさんうんげ》】」

足に風魔法を纏わせた蹴りで、私は土の壁に穴を空《あ》ける。

「リリア先輩、レオン先輩と合流して、ここに連れてきてください」

「え？　でも、それじゃあサキちゃんが……」

「時間稼ぎならできます」

ほんとは倒す気満々だけど……。

「……わかった。すぐに戻ってくるから、無理はしないでね」

「はい……」

リリア先輩は私の空けた穴から、壁の向こう側へ走っていく。よく見ると、壁がゆっくりと再生している。

穴が完全に元に戻ったところで、私の氷の壁が炎によって破壊された。

「なんだ？　一人で相手すんのか？　三年の新人が」

「あなたくらい、私一人でなんとかできる……」

「はっ！　それはおもしれぇな！　それじゃあやってみろよ！」

そう言うと、ロイさんの周囲に炎が出現する。

なんて激しい魔法！

さっきまでの炎魔法とは違う。

まるで、炎が意思を持っているように、大きくうねりながら形を変えている。

「おらぁ！　いくぜ！」

ロイさんが手を振ると、炎が私に襲いかかってくる。

単純に炎魔法を飛ばしているんじゃない……炎が私を追いかけてきている⁉

私は飛脚で避けるが、このままでは攻めに出られない。

まさに攻防一体の魔法……爆炎と呼ばれるだけある。

「どうした！　避けるだけか⁉　レオンならすぐに反撃できたぞ！」

ムカつく……。

レオン先輩を引き合いに出されると、なんかイラッとする。

「第五《クイル》・セデ・アクア・【氷刀《アイスソード》】」

私は氷の魔法を圧縮し、操作と持続のワーズで冷気を出し続ける刀を作り出す。

「ネル流剣術スキル・【移蝶斬り《いちょうぎ》】」

移蝶斬りは相手の攻撃の隙間を縫《ぬ》って、すれ違いざまに敵を切る魔法スキル。

私はロイさんの炎を避けつつ、一気に距離を縮める。

「ネル流剣術スキル・【一刀《いっとう》・冊《ざく》】」

ロイさんは炎の剣で私の技を受けた。そのまま、鍔迫《つばぜ》り合《あ》いのようになる。

この人、力強すぎ……これでもけっこう魔力を込めて、刀を振ってるんだけど……。

「やればできるじゃねーか！　レオンほどじゃねーけどな」

「あんな人間離れした人と一緒にしないでっ！」

私は刀でロイさんの剣を弾いて、再び距離を取った。

そして、再度魔法を発動する。

「第四《クアル》アクア・アイススピア！」

「おらぁ！」

私が放った大量の氷の槍は、ロイさんの炎で全て消されてしまった。

ロイさんはすぐに私との距離を詰めて、剣を振り下ろす。

私はその攻撃を刀で受け止めてから、一歩後ろへ下がった。

「ネル流剣術スキル・【刺々牙《ささが》き】！」

「うおっ！」

私の多様な攻撃に驚きながらも、全て避けてみせるロイさん。

最後の一撃をかわすと、また鍔迫り合いに持ち込まれた。

「変わった剣術だな！　流派はなんだ!?」

「ネル流……」

「ネル流？　聞いたことねぇな……だが、強力で、かつ柔軟……おもしれぇ！　次は俺の番だ！」

そう言ってロイさんは私の刀を弾く。私は体ごと後ろへ飛ばされた。

「トゥリアフ流剣術・攻《こう》の構《かま》え・【炎獅子《えんじし》】！」

ロイさんが構えを変え、体勢を崩している私に仕掛けてくる。

この人も剣術を使えるの!?

私は負けじと、刀でロイさんの剣を受けたり避けたりしながら立て直そうとする。しかし、ロイさんの高度な剣術は、息をつく余裕を与えてくれない。

「どうした！　フラフラだぜ！」

「まだ、本気を出してないだけ……だよ！」

私が剣を受け止めると、三度目の鍔迫り合いになる。

「じゃあ、そろそろ見せてくれよ！　その本気ってやつを！」

ロイさんはまだ余裕の表情だ。

言われなくたってやってやる……これはもう、ネルとの特訓で編み出した新しい戦い方でいくしかない。お願い上手くいって……。

「魔力解放！」

私の全身から魔力が溢れる。

やった、なんとか上手くいった！

「本当に奥の手があんだな！　おもしれぇ！」

魔力解放した私の姿を見ても驚かないあたり、さすがだね……これが経験の差かな。

でも……これならどう！

私は鍔迫り合いを続けていたロイさんを、力だけで吹っ飛ばした。

「なるほど……さっきとは違うってわけだな！　だが、負けねぇ！」

あれ、おかしいな……魔力解放して身体能力と脳の機能を向上させると、相手の動きがスローに見えるはずなのに、ロイさんにはあまり変化がない……いや、違う。

ロイさんがさっきより速く動いているんだ。

レオン先輩もこの人も…なんなの？　貴族は六年になると、みんなこんな化け物になるの？って、そんなことを考えている場合ではない。

「魔視の眼……」

まずは、ロイさんの魔力の流れをつかむ……。

人は魔法以外の攻撃方法をとる時も、体内の魔力に動きがある。例えば、右手で攻撃しようとすると、少量ではあるが右手に魔力が集まる。これは本人の意思に関係なく起きる現象だ。

そんなところを捉えられるのも、私くらいだろう。

さらに、魔視の眼は魔力の色も見ることができる。例を出すと、炎魔法を使おうとすれば、体内に赤色の魔力が見えるのだ。

実際、今のロイさんの魔力は真っ赤に染まっている。

「炎獅子！」

ロイさんの魔力が両手と右足に集まっている。右手にやや多め……体勢的に最初の攻撃は上段から振り下ろすのかな。

すると、さっきまではギリギリで防いでいた攻撃も、全て完璧に避けることができた。

「……!?」

さすがにこれには驚いてるね。

あ、また構えが変わった。

「焔《ほむら》の構《かま》え・【炎翔連雨《えんしょうれんう》】！」

今度は高速の突き……普通であれば、この手数の多さと速さについてこられる人は、いないんじゃないかな？　でも――

「ネル流武術スキル・【花《はな》ノ《の》型《かた》・椿《つばき》】」

椿は相手の攻撃を避けつつ、間合いに潜り込む技。

私は間合いに入ったところで、ロイさんが突いた剣の下から刀で攻撃を仕掛ける。

今なら、魔力もそこまで手に集まっていない。

そのままロイさんの剣を弾き飛ばそうとしたが、予想よりも力が強くて、私の剣も一緒に飛ばされてしまった。

でも、これで武器はもうない。

私はロイさんのすぐ目の前で構えた。

「第六《セクル》フレア！」

ロイさんが左手を振ると、横から炎が襲ってくる。

読んでたよ。魔力が丸見えだったからね。

ここでこの魔法に頼らなきゃいけないのはしゃくだけど……。

「第六《セクル》ユニク・無効《バニッシュ》」

「何⁉」

私はロイさんの魔法と魔力を消し去る。

「ネル流魔武術スキル・【月ノ奥義《つきのおうぎ》・瞬連朧月《しゅんれんおぼろづき》】！」

この技は相手に一撃を浴びせて、空間魔法で転移《ワープ》、という流れを繰り返して、あらゆる角度から攻撃を仕掛ける。魔力解放をしているからこそ、空間の把握が容易にできるし、一撃が弱い月ノ型でも十分な威力を出せるはず。

それに悔しいけど、レオン先輩の教えてくれた魔法のおかげで、ロイさんの魔力は消えている。

その分、ダメージは大きいはずだ。

「がはっ！」

私の攻撃を受けて、ロイさんは地面に手をついた。

◆

「レオン先輩、実はこの魔法、けっこう魔力の消費が激しいんですよ。だから、できれば不意打ちで倒せればなぁって考えちゃったりしてるんです」

そう言って、リンダはまた手を上から下に振り下ろす。

攻撃の気配を感じて僕、レオンが後ろへ飛ぶと、地面がまた大きくめり込んだ。

僕はリンダに笑ってみせる。

「それにしても、さすがフランソワ家の闇魔法。攻撃がまったく見えないよ。ここまでダメージを与えられる攻撃を隠す魔法だ、相当努力したんじゃないかい？」

「そうですね……色々大変でしたわ。レオン先輩にそんなに褒めていただけて、私も鼻が高いです。ですので、そろそろ当たってくれませんか？」

リンダが手を横に振り、今度は壁に大きな跡が残る。

それにしてもこのままじゃやばいな……今はまだリンダが手を振っているから、タイミングがわかりやすくて避けられているが……ん？

僕は違和感に気が付いた。

どうして、完全に攻撃を消せる魔法があるのに、わざわざ『手を振る』なんてことをしているんだ？

手を振ればタイミングがわかるだけでなく、攻撃の向きまで推測できてしまう。そんなヒントを与えるようなことをする必要があるのか？

仮にそれらの攻撃魔法を使うにあたって、リンダが手を振る必要があったとしても、その仕草を隠すようなそぶりがあってもいいと思うが……。

そこで、僕は一つの仮定にたどり着いた。

あの手は魔法の発動に関係ない？

この仮定が当たっていれば、辻褄《つじつま》が合ってくる。

よし、試してみるか。

僕は、リンダが再び下に手を振り下ろすのを待つ。

数回攻撃を仕掛けてきた後に、リンダが手を上げた。

その瞬間、僕は後ろへ飛ぶ。そして、また地面が凹《へこ》んだ。

ここだっ！

「第六《セクル》ユニク・無効《バニッシュ》！」

「……!?」

僕は跡が残る地面に向かって、魔力を消す魔法を放った。

やっぱり、そういうことか……。

「リンダ、びっくりしているようだね。いや、一番驚いているのは、君か……ノエル！」

僕が魔法を放った地面には、控え室でロイに紹介されたノエルが、泣きそうな顔で僕とリンダを交互に見ていた。

リンダは焦った様子でノエルに指示を出した。

「ノエル！　いったんこっちに戻りなさい！」

「は、はい！」

いや、させないよ。

僕は自分の周囲に流れる時間を操作し、体を加速させ、ノエルの前に出る。

「第五《クイル》ユニク・【高速《クイック》】」

その後、ノエルに時間を遅らせる魔法をかけて、リンダのもとに戻れないようにした。

「第五《クイル》ユニク・【低速《スロー》】」

「逃すと思ったかい？　また姿を消されたら困るからね」

「どこで気が付いたんですか……？」

リンダが悔しそうに尋ねてきた。

「ついさっきさ。フランソワ家の闇魔法が素晴らしいのはよくわかったよ。動き回る『人』の姿を消すのは、魔法を消すよりよっぽど高度だろうしね。でも、手の動きが必要という点だけが不自然だった。僕が君の立場なら、相手にバレないように工夫するだろうし、何よりロイがそれを指摘しないわけがない。そして、魔法の原則。一つの魔法につき一属性ということを加味すれば、仮定くらい立てられるさ。もしかして、相手は二人いるんじゃないかなってね」

「……さすがロイ先輩のライバルだけありますね。しかし、どうされますか？　私、ロイ先輩から聞いているんですよ。あなたはカウンターや守りは上手いけど、自分から攻撃はできないということを。武術だって相手に通用するものがないらしいですね」

「そうだね……その情報は正しいよ。去年まではね」

「え？」

そうだ。僕の攻撃手段は少ない。特殊属性《ユニーク》は性質上、守りに回ることが多いからね。

だからこそ、サキから学んだ武術はとても価値のあるものだった。

サキのように強く激しく攻撃はできないけど、僕なりに噛み砕いた結果がこの技だ。

「ネル流派生武術・【反陽ノ型《はんようのかた》・弧守怜日《こもれび》】」

「うっ……」

僕は力を弱めて、ノエルの首に手刀を入れる。陽ノ型は一撃が強い型と聞いていたけど、僕じゃサキのように魔力で威力を高めた攻撃はできない。

相手を倒すのに必要な力を、必要な箇所へ当てて一撃で戦闘不能にする。

これが僕の特訓の成果だ。

サキには試合の後に、お礼を言わないとね。

◆

俺、ラロックの草魔法が発動して、地面に広がる水から大量の蔓《つる》がジェルノへまっすぐ伸びていく。

「なんだこれは⁉　この！　第四《クアル》アクア・スラッシュ！」

蔓の一つを水魔法で切るが、結局ジェルノは大量の蔓に呑まれ、縛《しば》られる。

「ラロックのこんな草、すぐに私の魔法で！」

「言っとくが、お前が魔法を使うたびに、魔力に反応してその蔓はよりお前を締めつける。それに、草魔法は水魔法の魔力を吸い取る。お前も知らないわけじゃないだろ？」

「くっ……このぉ！　こんな草ごときに……この私がぁ！」

「ばーか、草を舐めんじゃねーよ。草ってのはどこにでも生える。それはどんな環境でも自分を変えて対応できるってことなんだよ。天才のお前からすれば俺なんてただの雑草にしか見えなかったかもしんねーけどな……雑草には雑草のやり方ってのがあんだ。ま、来年また頑張ってくれよ、天才君！　第四《クアル》グランド・ショット！」

「くそぉぉぉぉ！」

俺の土魔法が当たり、支給されている首飾りが発動、ジェルノの体からガクッと力が抜ける。

そして、地面にあった水も気が付けば消えていた。

しかし、俺もかなり消耗しているのか、体が急に重くなったように感じる。

足元の蓮の花を操り、地面にゆっくりと着地した。

「はぁ……はぁ……勝った……あのジェルノに、勝ったぞ……」

去年は歯が立たなかった。でも、今年は俺が勝った。俺の魔法で、俺だけの実力で……！

俺は地面に膝をつきながらも、手を力強く握る。

無駄じゃなかった……俺のこの一年の努力は、けっして意味のないものなんかじゃなかった。

いや、まだ試合に勝ったわけじゃない……リリアのところに行かねーと……。

レオン先輩は一人でもいいし、あいつも……まあ大丈夫だろ。

俺はゆっくり立ち上がって、戦闘の音が聞こえる方へ向かう。

しかし、その時、後ろに嫌な気配を感じた。

振り向くと、倒したはずのジェルノが立ち上がっている。その体からは、黒い煙のようなものが出ていた。

「なん、だ……？」

「う……あぁ……」

ジェルノがうめき声を発したかと思うと、急に手をさっと上げ、水魔法を使って津波を起こした。

「なん……!?」

あまりにも急な出来事に、俺は魔法の発動が遅れてしまった。

ギリギリで花の守りを使って自分を包むが、津波に花ごと呑み込まれる。

「くそっ！　なんだってんだ！」

揺れる花の中で悪態をつき、さっきのジェルノを思い出す。

確かにあいつは一度首飾りの効果で眠ったはずだ。たとえ起きていたとしても、俺の草魔法は拘束している相手の魔力を養分にする強力なもの。やつは、とても最後の土魔法を防げる状態じゃなかった。でも、実際に起き上がった。それにあの黒い煙……なんかやべぇ気がするな……。

◆

私の瞬連朧月《しゅんれんおぼろづき》を受けたロイさんは、咳をしつつも立ち上がった。

まだ動けるのか……というか、首飾りはちゃんと機能してるの？

「さすが、レオンが認めるやつなだけあるぜ……まさか、レオンの魔法まで使えるとはな」

「あれでも立てるなんて……すごいですね」

「鍛え方がちげーんだよ。俺はまだまだ、戦えんぞ……」

ロイさんは息を切らしながらも、私と戦う姿勢を見せる。

でも、こんな状態でも首飾りが発動しないのって、やっぱりおかしくない？

まさかこの息切れも演技で、実はめちゃくちゃ元気とか？

いや、そんな卑怯《ひきょう》なことをする人には見えないし……。

それにさっきから嫌な予感というか……なんだろう、この人をこれ以上傷つけちゃいけないような気がする。

「おら！　いくぞ！」

ロイさんは再び炎の剣を作って、私に向かってくる。

考えている場合ではない。

私も氷の刀を作って対抗しようとしたその瞬間だった。

突然土の壁が弾けて、私とロイさんは動きを止める。

「な、なんだ!?」

「レオン先輩？」

壁に空いた穴から、レオン先輩と向こうのチームのリンダさん……だったかな？　が飛んでくる。

「サキ、逃げろ！　急ぐんだ！」

「ロイ先輩も早く！」

レオン先輩とリンダさんが声を飛ばした。

「何……？」

「今、いいとこなんだよ」

私とロイさんは戸惑い気味に返した。

「いいから！　来るんだ！」

「そんな場合じゃないんです！」

レオン先輩とリンダさんは私とロイさんを引っ張って、その場を離れ、近くに隠れる。

すると、壁の穴からノエルさんがゆっくりと歩いてきた。

でも、なんだか様子がおかしい……？

それにあの黒い煙は……。

「なんだ、ノエルじゃねーか……」

「違うんです！　ノエルは一度レオンさんに倒されたのに、急に立ち上がって暴れ出したんです！」

ロイさんに小声で状況を説明するリンダさん。

なんだそれは……。

でも、確かにあの黒い煙に虚《うつ》ろな目……普通ではない。

ノエルさんは辺りを見渡して、そのまま私たちとは反対の方に歩いていった。

ロイさんがレオン先輩に尋ねる。

「レオン、どういうことだ」

「リンダの言っていることは正しい。僕は確実にノエルを倒したはずだ。それから、リンダと戦おうとした時に起き上がって、攻撃を始めたんだ」

「お前が倒し損ねたんじゃねーのか？」

「違います！　私まで攻撃されたんですから！」

リンダさんがすぐに反論した。

「それに、あの黒い煙も起き上がってから発生したんだ。どう見ても普通じゃない」

「なるほどな……確かに、さっきのノエルの周りには妙な気配があったな」

ロイさんはその場に座りながら腕を組む。

何かおかしい……。

あのノエルさんの様子も、ロイさんの首飾りも……首飾り？

そうだ、さっきの違和感が確かなら、この首飾りに原因があるかもしれない。

「サキ？　どうかしたのかい？」

「レオン先輩、ちょっと首飾りを見せてください」

「え？　あぁ、わかったよ」

「ありがとうございます。【解析の心得《かいせきのこころえ》】」

私は対象の組成を把握することができるオリジナル魔法スキル、解析の心得で、レオン先輩の首飾りを見た。

「これは……」

私は首飾りを見ながら思わず声を出した。

「サキ、その首飾りに何が……」

「……首飾りの魔法効果が変わってます」

それを聞いたロイさんが詰め寄ってくる。

「なんだと？　どんな魔法だ？」

「これは……闇魔法だけじゃない？　いくつかの魔法属性が付与されてます。特殊属性魔法《ユニク》もある……待ってください」

私はさらに魔力を上乗せして、詳細に解析する。

解析の心得や悪意の眼など、ものを見るスキルは私が魔力を込めるほど、より詳しく対象を分析することができるのだ。

「【悪夢《あくむ》の操作術《そうさじゅつ》】……？」

私が呟くと、リンダさんが尋ねてくる。

「何それ？　魔法の名前とか？」

「対象を魔力の限界まで術者が操り続ける……という魔法みたいです」

「じゃあ、ノエルがああなってるのは、その首飾りのせいだったのか……」

なるほど……これで色々な謎が解けた。

これは予想だけど、パパから聞いた目撃情報と合わせて考えると、術者はミシュリーヌ、もしくはリベリオンの人間だ。

ロイさんがなかなか倒れなかったのも、首飾り本来の魔法である一定以上のダメージを受けた者を眠らせる、という効果がなくなっていたから、ということなら納得できる。

「なら、その術者を倒せばいいんだな？　簡単じゃねぇか……痛っつつ……」

ロイさんは立ち上がろうとして、慌てて地面にしゃがみ込む。

首飾りが機能していなかったなら、私の攻撃を受けたロイさんは気合いだけで立っていたということ。やっぱりダメージが残ってるんだ。いや、ほんとにごめんなさい……。

「ロイ先輩、よく見たらぼろぼろじゃないですか。これはレアなシーンだわ」

「リンダ、そんなことを言ってる場合か……よりによってうちで一番ダメージが少ないのが、攻撃力がほぼないお前じゃな……」

「こんな時までムカつく先輩ですね！　もう！」

それで代表っていうのもすごいけど……まあ、それだけの魔法があるんだろう。

「ボロボロのロイ先輩なら、私でも勝てちゃうんじゃないですか？」

「んだとこのやろー……やってみるか？」

「望むところですよ。私の華麗な闇魔法で……」

言い合いを始めるロイさんとリンダさんを、レオン先輩が止める。

「おい、二人共やめろ。それで大怪我でもしたらどうするんだ」

「こんな相手に大怪我なんてしない！」

こういうところは息ぴったり……。

でも、とりあえずロイさんは今のままじゃ戦えない。

私はレオン先輩の服の裾を引っ張る。

「レオン先輩……」

「なんだい？」

「いったん勝負はお預けにして協力しないと……」

「そうだね……その方が良さそうだ。ロイもリンダも、頼むからここは協力してくれ。勝負なら、この異常事態が解決してからでもいいだろう？」

レオン先輩が二人を宥めた。

「レオンがそう言うなら……」

「確かに争ってる場合じゃないわね……」

口喧嘩をやめた二人を見て、ホッとする私とレオン先輩。

とにかく、まずはロイさんを動けるようにしないと。

「ロイさん、回復魔法をかけるので、じっとしててください。第四ヒール《クアル》……」

「お前、回復魔法もできるのか……便利なやつだな。うちに転校してこないか？」

こんな時だというのに、ロイさんが勧誘してきた。するとレオン先輩が言う。

「サキはうちの生徒だ。渡さないよ、ロイ」

「なんだ、珍しく本気で止めてるじゃねーか。こいつになんかあんのか？」

「優秀な人材を取られるわけにはいかないからね」

まったく……テロリストがいるかもしれないのに、呑気な人たちだなぁ……。

そんなことを考えながら、私はロイさんの治療を終えた。

「よし、それじゃこれからどうする」

「ちっ……」

ロイさんが元気になって立ち上がる姿を見て、リンダさんが舌打ちをした。

「何舌打ちしてんだ」

「いひゃい、いひゃいれふぅ！」

ロイさんはリンダさんのほっぺをつねる。

意外と仲良いのかな？

「とりあえず、原因はわかったわけだし、僕たちは首飾りを外そう。今からは、ノエルを元に戻すことを優先する。それから……」

「……！　第六《セクル》グランド！」

レオン先輩が今後の方針を話そうとした瞬間、私は足場の地面を土魔法で柱のように持ち上げた。

「うお!?　なんだ!?」

叫び声を上げるロイさん。レオン先輩は冷静に聞いてくる。

「サキ？　何かあったのかい？」

「おっきい魔力が近づいてくる気配がして……」

「な、なんですかあれ!?」

リンダさんが指差す方を見ると、津波が押し寄せてきていた。

高い位置に足場を作っといてよかったぁ……。

ん？　なんか津波に乗ってどんぶらこと流れてくる大きな花があるような……桃太郎ならぬ花太郎？

いやいや、冗談を言っている場合ではない。

普通の花ではありえない大きさ……きっと中に何かあるんだ。

花の中身を見ると、そこには桃太郎……じゃなくてラロック先輩がいた。

「透視の魔眼」

「レオン先輩……あの花の中にラロック先輩が……」

「え？　ほんとかい？　第五ユニク《クィル》」

レオン先輩が右手を花に向け魔法を使う。波の一部分が弾けて大きな花が私たちのところまで飛んできた。

花が開いて消え、中からラロック先輩が出てくる。

「ラロック、大丈夫かい？」

レオン先輩が尋ねると、ラロック先輩は手で口を押さえる。

「うぅ……きもちわりぃ……もう少し優しく助けてくれよ……」

「ラロック先輩、贅沢《ぜいたく》……」

「そうそう、こういう非常事態に贅沢を言っちゃダメだよ」

私とレオン先輩は呆れたように言った。

「うっせーよ、この鬼畜三年、六年が！　って、リリアは一緒じゃねーのか？」

ラロック先輩が周りを見渡すと、レオン先輩は首を横に振る。

「リリア？　いや、見ていないな」

私が告げる。

「私がお願いして、壁の向こうにレオン先輩を捜しに行ってもらいました……」

「なるほど……まずいな。ノエルが周囲をうろついているかもしれない。あれ、そういえばこの津波は……」

「これはジェルノがやった。ただ、様子がおかしかった。黒い煙を纏っていて……」

ラロック先輩がレオン先輩に答えた。

その後、ラロック先輩から聞いたところによると、ジェルノさんもノエルさんと同じように倒れた後で、黒い煙を纏って起き上がったそうだ。

こちらの情報もラロック先輩に伝える。

「じゃあ、リリアが危ねぇじゃねぇか！　今すぐ助けに……」

ラロック先輩は立ち上がろうとするが、相当消耗しているようで、ふらついている。

「ラロック先輩、落ち着いて……」

「おぉ!?」

私はラロック先輩に膝カックンを仕掛けて、倒す。

「てんめぇ！　何する！」

「治療……第五《クイル》ヒール」

私はラロック先輩に回復魔法をかけた。

この際、使える人材は増やしておくべきだ。

「ラロック、とりあえず落ち着け。とにかく今は試合をしてる場合じゃない。今から作戦を立てて動く。まずは……」

レオン先輩の作戦の説明を聞きながら、私はラロック先輩の治療を続けた。


「いたぞ……」

レオン先輩が呟いた。

話し合いの結果、まずノエルさんを捕まえに行くことになった私たちは、土の壁の向こう側を探索しふらふらのノエルさんを発見した。

全員で草むらに隠れる。

「よし、ここは俺が……」

「待て、ロイ。サキ、体術でノエルに勝てるか？」

レオン先輩が尋ねてきた。私は首を傾げながら答える。

「たぶん……？」

「じゃあ、ここはサキに任せよう。危なくなったら助けに入る。なるべく攻撃を当てずに、首飾りを取るんだ」

すると、ロイさんがレオン先輩に詰め寄る。

「おいレオン！　俺じゃダメだってのか⁉」

「そういう意味じゃない。ロイのトゥリアフ流は強力だが、威力が高すぎる。サキの方が加減がきやすいんだ」

冷静に言うレオン先輩。それでもロイさんは納得しきれていないようだ。

「それは……そうかもしんねーけど」

でも、今はゴタゴタと話している暇はない。私はみんなに告げる。

「行ってきます……」

「あ、おい！」

私がノエルさんの前に姿を見せると、彼女は戦闘の構えに入る。

ノエルさんは見た目に反して、近接戦闘特化の魔法が多いそうだ。

まるでボクシングのような構え……魔視の眼で見ると、全身の魔力が全て、手と足に集中しているのがわかった。

防御無視の全力戦闘型か……ギャップがありすぎる。

ノエルさんのおっとりとした見た目なら、水魔法とかで後方支援していてほしかったよ……。

それにしても、なんか違和感があるな。

しかし、ノエルさんは考える暇を与えてくれなかった。いきなり突っ込んできて、パンチのラッシュを仕掛けてくる。

避けられるけど、一発一発の威力が大きすぎる。

やがて、ノエルさんは私に拳が当たらないことを悟《さと》ったらしい。拳の魔力の色が変わった。

あの色……まさか!?

ノエルさんが拳を振る瞬間、その手は私の目の前から消えた。そして、私の後ろから拳が飛んでくる。

これがロイさんの言っていた、ノエルさんの【短距離転移《ショートワープ》】……。

想像以上に速い。

ノエルさんは空間《ディジョン》属性の魔力を持っていて、特殊《ユニク》属性魔法の次に習得が困難とされる空間《ディジョン》属性魔法の転移《ワープ》を、短い距離で発動することができるんだとか。

それを活かして、全力パンチをあらゆる方向から食らわせるという、めちゃくちゃな技を体得したらしい。

私は後ろから飛んでくる拳をなんとか避ける。

さっきロイさんから原理を聞いたし、やってみるか。

『ネル、あの魔法、私も使える？』

私が思念伝達で尋ねると、ネルは返事をした。

『はい、サキ様は習得の心得により、すでに短距離転移《ショートワープ》のスキルを獲得しています』

『わかった、ありがとう』

私はとりあえずノエルさんに近づき、魔視の眼を発動する。

右拳に魔力の偏《かたよ》り……攻撃パターンを考えると右ストレートかな。

予想は当たり、ノエルさんは右ストレートを打ってくる。私はそれを避けて魔法を発動した。

「短距離転移《ショートワープ》」

私はノエルさんに手が届く位置に転移《ワープ》し、首飾りをつかんで奪い取った。

すると、ノエルさんはそのままバタッと倒れた。


「ん……」

ノエルさんを無力化した後、私が回復魔法をかけると彼女は目を覚ました。

「えっと……あなたはエルトの代表の……」

「うん。痛いところ、ある？」

私が聞くと、ノエルさんは体のあちこちを触って確認する。

「大丈夫みたいです……ありがとうございます」

ノエルさんはそう言ってゆっくり立ち上がるが、ふらふらとよろけた後、ペタンと地面に座り込んでしまった。ロイさんが心配そうに尋ねる。

「ノエル、どうした？」

「ま、魔力を消耗していて……少しふらつきました……」

「なるほど……首飾りの効果で意識を失っている間、際限なく魔法を使うから、魔力の消耗が激しいのか……」

冷静に分析するレオン先輩。その時、リンダさんが口を開いた。

「そんなことよりノエル、私に何か言うことがあるんじゃないかしら？」

「ほえ……？」

リンダさんがノエルさんの前にしゃがみ込むと、ノエルさんは首を傾げた。

「さっき、あなたに殺されかけたんだけどぉ～？」

「い、いひゃい！　いひゃいれす！　りんだひゃん！」

リンダさんはさっきロイさんにされたように、ノエルさんの頬をうにゅーと引っ張った。

柔らかそうだな……。

「ま、首飾りの効果が出てる間は、本人の記憶はないらしいからな。おい、リンダ、後輩をいじめんな」

ロイさんがリンダさんの頭をスパンッと叩いた。

「いった！　ロイさん、なんか私とノエルの扱いの差がひどいですよね!?」

リンダさんはノエルさんの頬を放して、叩かれた頭を押さえた。

ロイさんは何を当たり前のことを、といった様子で応える。

「ノエルは素直で可愛い後輩だが、お前、生意気なだけだし」

「なんですってー！　やっぱり後でロイさん、負かすー！」

「望むところだ！　受けて立ってやらぁ！」

バウアの人たち……チームワークは大丈夫なんだろうか？

「おい、この近くにリリアは？」

ラロック先輩が聞いてくるので、私は魔力探知を使う。

「……近くに人の気配はないです」

「そうか……」

ラロック先輩は明らかに焦っている。

それはそうだ。許嫁が行方不明なんだから……。

「ラロック、心配しなくても大丈夫さ。リリアだって代表選手なんだ。そんな簡単に怪我なんてしないよ」

「……うす」

レオン先輩が宥めるけど、ラロック先輩はやっぱり心配そうな顔をしている。

「おい、レオン。ここからは別行動にするぞ。俺たちはジェルノを捕まえに行く。首飾りを取ればいいってわかったからな。お前らんところも、一人見つかってねーんだろ？」

「そうだな、ロイ……それがいいかもしれない」

レオン先輩は考え込むように言う。

「憂《う》さ晴《ば》らししてやる……見てなさいよ……あのくるくる金髪ナルシスト」

「ジェ、ジェルノさんと戦うんですかぁ……？」

ロイさんの後ろにいるリンダさんとノエルさんは大丈夫かな……？

しかし結局、私たちはバウアの人たちと別れて行動することになった。

「やれやれ……それじゃあ、僕たちも動こうか。サキの話を考慮すると、リリアは壁のこっち側にいる可能性が高いからね」

レオン先輩に言われて、魔力探知の使える私を先頭に、リリア先輩の捜索が始まった。


「リリア、どこだ……」

私とレオン先輩とラロック先輩は、リリア先輩を捜して草原エリアを走っていた。

ラロック先輩は明らかに冷静じゃない。

「ラロック、あまり気を張るな。いざって時に動けなくなるぞ」

「でもレオン先輩、そうは言ったって……」

「大丈夫ですよ。リリア先輩、強いから……」

リリア先輩はふわふわした優しい先輩に見えるが、雷魔法の扱いがとても上手い。いや、えぐいと言った方が正しいか。

雷魔法は本来、直線で飛んでいくだけの魔法だけど、リリア先輩はそれを曲げたり、編み込んだりと、複雑に軌道を変化させることができる。

触れるだけでダメージを与えられる雷魔法に、その技術……十分な武器だ。

だがそれでも、ラロック先輩の心配はなくならないらしい。

そうだなぁ……。

「ねぇ、ラロック先輩……」

私が呼ぶと、ラロック先輩が振り向いた。

「なんだよ」

「リリア先輩の……どこが好き？」

気を紛らわせるために、リリア先輩のことを聞いてみる。ちょっと気になっていたし。

「はぁ？　こんな時に何を聞いて……」

「おやおや？　あのラロックともあろうものが、後輩の疑問一つ答えられないのかな？」

レオン先輩がニヤニヤしながら言うと、ラロック先輩はイラッとした表情を浮かべた。

そしてため息をついて、話し始める。

「……嫌なことがあったり、落ち込んでたりすることってあるだろ？」

「え、まあ、はい……」

私が頷くと、ラロック先輩は続ける。

「そんな時は、誰もそいつに近寄りたがらないもんだ。イライラしてるしな。でも、そういう時でも近くに寄ってきてくれるんだよ……あいつは。いつもと変わんない笑顔で、俺が返事をしなくても横でずっと話してんだ。それを聞いてたら、嫌な気持ちがなくなるんだよ。気が付いたら、あいつの話を聞いて、笑ってんだよ……そういう不思議なところだ。悪いか」

誰も悪いなんて言ってないけど……うん、でも――

「ラロック先輩、かっこいいですね」

「まったく、男として負けた気分になったよ」

私とレオン先輩が口々に褒める。

「な、なんだよ。気持ちわりーな」

ラロック先輩はリリア先輩のことを大切に思っていて、リリア先輩はどんな時でもラロック先輩と一緒にいたいって思っている……いいな、そういうの。

その時だった。

「……！　左右に散って！」

私がそう叫ぶとレオン先輩は右に、私とラロック先輩は左に避ける。

すると、さっきまで私たちがいたところへ大きな岩が落ちてきた。

「あぁ？　生意気にも俺の魔法を避けやがったのか？」

落ちてきた岩の上で、体のゴツい男がこちらを睨んでいた。

「一、二、三……なんだ？　ミシュリーヌの報告じゃ残りは六人つってた気がすんだけどな」

男は私たちの顔を見て言う。ミシュリーヌを知っている？　ということは……。

「リベリオン……」

私が呟くと、男がにやりと笑った。

「あぁ？　こんなガキにまで名が知られてるたぁ、俺らも有名になったもんだぜ」

「サキ……こいつのことを知ってるのか？」

私はレオン先輩に答える。

「前に同じ組織の別の人と戦ったことがあります……」

「あぁん？　そういやお前、銀髪に眠そうな顔のチビ……あぁ、ミシュリーヌの報告にあったサキってのはお前か」

眠そうな顔って失礼だな！　ミシュリーヌ、どんな報告してるのよ！

「やべーな……あいつの魔力、底が知れねーぞ……」

ラロック先輩の言う通り、確かにあの男からはすごい魔力を感じる。

「なんだ、それじゃ俺は当たりか！　ミシュリーヌが楽しめるやつがいるって言うから来てみたんだが、見張りのやつらも大したことねぇガキ共だったからなぁ」

男はそう言って豪快に大笑いしている。

まずい……たぶんだけど、ラロック先輩じゃあの人に対抗できない。

レオン先輩ならなんとか……でも、ラロック先輩は間違いなく突っかかっていくだろう。

「ラロック、リリアを捜しに行け」

私が考えていると、レオン先輩がラロック先輩に告げた。

案の定、ラロック先輩は声を荒らげる。

「はぁ!?　なんでだよ！　俺じゃ足手まといとでも……」

「僕とサキでもあいつを止められるかわからないんだ……だから、せめて君だけでもリリアと一緒にここを出て、増援を呼びに行け」

「だったら俺じゃなくてこいつでも！」

「ダメだ。サキの魔法は今、あいつを食い止めるのに必要不可欠だ。だからラロック……頼む」

レオン先輩は男から目を離さずに、ラロック先輩に言う。

ラロック先輩は拳を握りしめ、すぐに緩めた。

「わかった……必ず戻ってくる……」

そう言ってラロック先輩は走り出した。

「あぁ？　逃すと思ってんのか……よっ！」

男が右手で何かを投げるような動作をすると、ラロック先輩へ大きな岩が二つ飛んでいく。

「第六《セクル》ユニク・無効《バニッシュ》」

「第三《トリル》ウィンド！　ネル流武術スキル・【陽《よう》ノ《の》型《かた》・燦々勅射《さんさんちょくしゃ》】」

一つの岩をレオン先輩が消し飛ばし、私は風魔法で跳躍して、もう一つの方を武術スキルで粉々にした。

「おーおーやるじゃねぇか！　これは俺もちょっとは楽しめそうだなぁ！」

そう叫ぶと、男の体から禍々《まがまが》しい魔力が溢れてきた。

「そういやぁ、名乗ってなかったなぁ。俺の名はグレゴワル・ガルマディス。リベリオンの幹部の一人だ。せっかくの戦い……互いに楽しもうじゃねーかぁ！」

グレゴワルが手を振り下ろすと、再び岩が飛んでくる。

「サキ、僕の後ろに！　第六《セクル》ユニク・無効《バニッシュ》！」

私が後ろに隠れると、レオン先輩は岩を消し去った。

飛んできた岩を消したところで、グレゴワルを確認しようとしたが、岩の上を見ると姿が見えない。

私は慌てて魔力探知を使って、グレゴワルの位置を確かめた。

「おせぇ！　どこを見てやがる！」

魔力探知と声で、上から攻撃してくるグレゴワルにギリギリ気が付いた。

「ネル流武術スキル・【花《はな》ノ型《のかた》・菖《あやめ》】」

菖は上からの攻撃を避けつつ、相手の武器を攻撃する技。

私はグレゴワルの腕を折るつもりで殴ろうとしたが、すぐにかわされた。素早いな……。

グレゴワルは私たちから距離を取る。

「いい反応だな……ミシュリーヌが認めるだけあるぜ」

「あなた、何が目的……？」

私はグレゴワルの言葉を無視して、尋ねる。

「あぁん？　目的だぁ？　そんなもん、つえーやつと戦いたいからに決まってんだろ？　ミシュリーヌに言われてついてきてみりゃ、弱っちいガキ共の相手ばかりさせられて、イライラしてたんだよ。だが、お前らはなかなか見所がある。どうだ？　俺と一緒に暴れて、こんな国、潰しちまおうぜ？」

リベリオンの人間はどいつもこいつも……。

「ミシュリーヌにも言ったけど、私は、あなたたちなんかにこの国を壊させたりしない！」

「そりゃ残念だ。そっちのあんちゃんはどうだ？　どうやらお前さん、ずいぶんと今の家が不満みたいじゃねーか？　ミシュリーヌに聞いてるぜ、クロード家次男、レオン様よぉ？」

「…………」

グレゴワルが煽《あお》るようにレオン先輩に言うが、レオン先輩はただ黙っていた。

「その様子じゃあ、ほんとに今の家に文句ありそうじゃねーか。いいぜ？　俺がうちのボスに話を通して……」

「確かに、今の環境が好きじゃないのは認めるさ」

グレゴワルの言葉を遮って、レオン先輩が口を開いた。

私も、レオン先輩が現状に不満を抱いているのは知っていた。

自分の努力を才能という言葉だけで片づけられるのは、モチベーションを下げる原因でしかない。

最近一緒にいてわかったのは、レオン先輩にとって、今の貴族という立場は生きづらい環境であるということだ。

しかし、レオン先輩は凛《りん》として言い放つ。

「でもね、君らのように他人の幸せを壊してまで、都合のいいように世の中を変えたいなんて思ったことはない。君らのしていることは、ただのいきすぎたわがままさ。子供が駄々をこねるのと一緒だよ」

その姿はどことなく、次期アルベルト公爵家当主であるパパ――フレル様を思わせた。

貴族の自覚を持ち、民を守ることを優先し、それを脅《おびや》かすものと戦う。

レオン先輩の姿はまさに貴族として、公爵家としてのお手本そのもののように感じられた。

「かぁーー！　公爵家ともなると言うことが違うぜ！　でもな……それはただのきれい事だ。お前たちが現実を知らないということが、今の発言でよくわかったぜ。自分の言ったことが戯言《ざれごと》だったと知る前に、俺が始末してやるよ！」

グレゴワルが叫んだ。それから、激しい魔法の撃ち合いが始まった。

11　強い人の条件

くそ……リリアはどこだ！

俺、ラロックはレオン先輩たちと別れてから、辺りを見渡しながら走り続けていた。

こんな時、サキの魔力探知みたいな探索系の魔法が使えればと考えてしまう。

だが、今ないものは仕方ない。とにかくリリアを見つけないと。

しばらく走ると、草原を抜けて沼地になる。

足場が悪い……ここは避けるか……ん？

沼地の向こうに、人影が見えた。

周囲に注意しながら近づくと、人影の正体はリリアだった。

「リリア！」

俺はリリアとわかると、足早に近づく。

「リリア！　無事か！　怪我はないか！」

しかし、リリアは俺が声をかけても反応がなく、ぼんやりと宙を眺めている。

俺はその様子を見て、ハッと思い出す。

急いでリリアの首飾りを取ろうとした瞬間、彼女自身の手によって俺の手が弾かれた。

リリアは俺と距離を取る。

そして、ゆっくりと左手を俺に向けた。

「リリア……くそ！」

リリアの手から雷魔法が放たれる。

「第三《トリル》グランド・ウォール！」

俺は雷を防ぐため、土魔法で壁を作り出す。

こいつの雷魔法は俺が一番知っている。

俺は壁を作った上で、大きく後ろへ下がった。

するとその瞬間、壁を避けた雷が、さっきまで俺のいたところを通り抜けた。

「やっぱりな……」

リリアは雷魔法の操作に優れた魔術師だ。

雷魔法を、針金を曲げるように自由自在に操って飛ばしてくる。

実質、防御不可能の魔法だ……。

「リリア！　目を覚ませ、リリア！」

俺は草魔法を発動しリリアを捕らえようとするが、彼女はそれをかわして、さらに雷魔法を俺に放つ。これじゃ近づきようがないぞ……。

なんとか首飾りを奪うために接近したいが……どうする？

俺の風魔法では、雷魔法を防げない。土魔法じゃリリアへのダメージが大きすぎるし、草魔法はまだ扱いに慣れていない。

俺はしばらく雷を避け続けながら考えるが、どうしてもリリアへダメージを与えずに勝つ方法が思いつかない。

リリアは今のままでは当たらないと判断したのか、いったん魔法攻撃をやめて、両手を合わせる。

あの構えはやべぇ！

リリアが両手を広げた瞬間、雷がいくつも編み込まれた大きな網が、襲いかかってきた。

この雷魔法で、リリアは四学年代表を獲得したと言っても過言じゃない。

攻撃範囲は広く、かつ避けることが難しいこの魔法は、防ぐのが大変だ。

俺は草魔法の花の守りを使い、なんとかしのぐ。

雷をやり過ごしてから、再びリリアに声をかける。

「リリア！　俺の声が聞こえねぇのか！」

このままじゃ、魔力を消費しすぎてリリアの体に負担がかかってしまう。考えてる余裕はねぇ……。

俺はリリアにまっすぐ突っ込む。

彼女は再び雷を放つが、俺はそれを避けずに受ける。

「ぐぅ！　うぅ……」

痛てぇ……でも、リリアの辛さに比べれば……。

「リリア、起きろ……いつまで寝てやがんだ……」

「うぅ……」

「いい加減起きやがれ！　早くしねぇと叩き起こすぞ！」

後……二歩……。

リリアがまた雷を放つ。

「いっつ……いや、痛くねぇ。こんなただの雷効かねぇ……いつものお前の魔法はもっと痛かったぞ……」

俺が近づこうとするたびに、リリアは雷魔法を放つ。

「おい、どうした……？　威力が弱くなってるぞ……」

俺はとうとうリリアの目の前に立つ。彼女は俺に手を向けてはいても、魔法を放つことはしなかった。

よく見ると、リリアの目からは涙が流れていた。

「お前、嫌なら自分で目ぇ覚ませよ……世話が焼ける……」

俺がリリアの首飾りを取ると、彼女の体から力が抜けて、俺にもたれかかるように倒れた。

とりあえず一安心して息を吐く。

すると、気を失っていると思っていたリリアが、俺の背中に手を回して、抱きついてきた。

「なんだ、起きてんじゃねーか……」

「ごめんなさい……ごめんなさい……体が言うことを聞かなくて……それで……」

「ばーか、何泣いてやがんだ。お前の魔法くらいじゃ俺は全然平気だっつーの」

「ラロックさん……ありがとうございます……ちゃんと声……聞こえてましたよ」

リリアは涙を流しながらも嬉しそうに笑った。バウアの三年は操られていた時の記憶はないみたいだが、なぜかこいつは覚えているらしい。

「まったく……こっちは大変な目にあったぜ。リリア、悪いがゆっくりしてる場合じゃねーんだ……」

俺はリリアに状況を説明した。

◆

「【大地ノ咆哮《グランドハウル》】！」

グレゴワルが地面に手をつくと、まるで地下で爆発が起きたように地面が盛り上がり、私たちを襲う。レオン先輩が叫ぶ。

「サキ！　もう一度僕の後ろに……」

「ダメ！　第六《セクル》ライト・【五重結界《フィフスバリア》】！」

私はレオン先輩の前に出て、バリアを五つ展開した。

グレゴワルの魔法は純粋な魔力だけでなく、土という物質で作られたものなので、レオン先輩の無効《バニッシュ》じゃ完全には消せない。

「サキ！」

「うぅ……！　やぁ！」

私は力ずくでグレゴワルの魔法を止め、すぐさま魔力探知を使う。

上空に大きな魔力反応……！　土煙で姿は見えないけど、確かにいる！

「三重付与《トリルエンチャント》・【雷爆風《ライトニングブラスト》】！」

魔力探知の反応に向けて、私は魔法を放った。

雷を纏った暴風が土煙を払いながら、上空に突き進む。

「第六《セクル》グランド・【巨人ノ足《ジャイアントスタンプ》】！」

私の魔法とグレゴワルが作り出した土の足がぶつかり合う。

「はっはっはぁ！　おもしれぇ！　この俺と張り合うたぁ、いい根性だぜ！」

「私は全然楽しく……ない！」

お互いの魔法が弾けて、また一面土煙に覆われる。

「サキ！」

レオン先輩が私の名前を呼んだ。

「わかってます……第二《ダブル》ウィンド」

私は風魔法で土煙を吹き飛ばすが、グレゴワルの姿は見えない。

私とレオン先輩は背中合わせになる。

「サキ……場所はわかるかい？」

「……魔力探知に反応がないです」

私たちは周囲を警戒する。

しばらく静寂が場を支配するが、それが破られるまでそう時間はかからなかった。

「……！　サキ！」

「え……？」

突然、レオン先輩が私を突き飛ばした。

その時、地面に穴が空きグレゴワルが姿を現す。グレゴワルはレオン先輩に土魔法で作った槍を突き刺した。

まるで、時が止まったような感覚だった。

槍から飛んできた液体が頬にかかる生温かい感触によって、私は現実に引き戻される。

「がはっ……」

「レオン先輩……！」

「まずは一人目だぜぇ！」

グレゴワルが歓喜の声を上げた。

私はグレゴワルに突っ込み、レオン先輩を助けに入る。

「ネル流魔武術スキル・【陽ノ型《ようのかた》・天照散雲蹴り《てんしょうさんうんげ》】！」

私は、グレゴワルが槍を持っている右腕へスキルを放つ。

グレゴワルはレオン先輩から槍を引き抜き、後ろへ下がった。

私はレオン先輩を抱えて空間魔法で距離を取り、先輩を横たえた。

「レオン先輩！　レオン先輩！」

「サキ……すまない……」

レオン先輩は槍で刺されたお腹を押さえて言う。傷口から大量の血が出ているせいで、レオン先輩の白い服がじわじわと赤く染まっていた。

「ち、血が……回復魔法を！　でも、なんで私なんか……レオン先輩の方が強いんだから、ほっとけば……」

私が回復魔法をかけようとすると、レオン先輩は私の手を強く握って、それを止める。

「僕の治療に魔力と時間を使うな……何、可愛い後輩を守るのは先輩として当然の義務さ……大丈夫だ。君なら……やれる……僕のことはいい……早くあいつを倒すんだ……」

そう言い終えると、血に染まったレオン先輩の手からフッと力が抜けて、滑り落ちた。

レオン先輩は目を閉じていた。気を失ったのか、あるいは……。

あぁ……前にシャロン様の屋敷で私が倒れた時、アネットはこんな気持ちだったのかな……。

自分の無力さを痛感し、自分のせいで誰かが傷つく。こんなにも、心が痛いことだなんて……。

「何ボサッとしてやがる！　てめぇも串刺しにしてやるぜ！」

後ろから槍を持ったグレゴワルが近づいてくるのが、魔力探知でわかった。

「第九《ノナル》ライト・【無限結界《インフィニティバリア》】」

「今さらこんなバリアで何ができる！」

グレゴワルは、私が張ったバリアに迷わず槍を突き立てた。

しかし、割れたバリアはすぐに再生し、新たなバリアになる。

「何⁉」

グレゴワルの驚く声が聞こえたが、今はそんなこと、どうでもよかった。

「あなた、覚悟はいい……？」

私はゆっくり立ち上がる。

「覚悟だと？　なんのだよ！　今てめぇは頼りの先輩を失ったところだろうが！」

私は涙を流したまま、グレゴワルをまっすぐ見据えた。

「今から本気であなたを倒すから……」

許せない……よくもレオン先輩を！

「魔力解放……！」

私の体から大量の魔力が溢れ出す。

「加速《アクセル》……」

私は加速《アクセル》を発動、一瞬でグレゴワルの頭上に移動した。

「氷刀《アイスソード》！」

氷の刀を作った私は、それを振り下ろすが、グレゴワルは槍で私の刀を受け止めた。

「速さが増したなぁ！　いいぜ！　俺はそっちも自信あっからなぁ！」

グレゴワルに槍で押し返され、吹き飛ばされた。

空中で体勢を立て直し地面に着地した瞬間、再び加速《アクセル》でグレゴワルとの距離を詰め、刀を振る。

またもやグレゴワルに槍で受けられ、鍔迫り合いになる。

私はすかさず片手を離し、その手をグレゴワルへ向けた。

「レイ……！」

ランクを省略して詠唱した私の手から、熱線が放たれる。

しかし、グレゴワルは体を反らして避けた。

「大地ノ咆哮《グランドハウル》！」

グレゴワルが足で地面をドンッと鳴らすと、大地が爆《は》ぜる。

「ネル流武術スキル・【花ノ型《はなのかた》・楓《かえで》】」

楓は近距離からの攻撃を回避する技。地面が爆ぜていくつもの岩が私に襲いかかってくるが、私は刀から手を離さずに避けきった。

最後の岩から逃れた後、私は空中でスキルを発動する。

「ネル流魔剣術スキル・【一刀《いっとう》・塵《じん》】」

地面から飛び出た周囲の岩ごと攻撃しようと、グレゴワルに技を放つ。

グレゴワルは何かを察したのか、技を受け止めるのではなく、後ろへ回避した。

私の技で、岩だけが細切れになった。

「危ねぇ……まだそんな技を隠し持ってやがったか」

互いが互いの技を避けては仕掛ける、という流れを繰り返す攻防が、ここでいったん止まる。

グレゴワルが感心したように言う。

「まさかここまでできるたぁな！　ますますおしいぜ！　どうだ？　考え直してこっちに来ねーか？」

「……レオン先輩にひどいことをしたあなたに、ついて行くと思う……？」

「なんだよ……弱いやつが勝手に死んでっただけだろうが。そんなことより、強いやつは強いやつ同士、仲良くしようぜ？」

私はその言葉にかなりムカついてしまった。

「レオン先輩は……弱くなんてない……」

「あぁん？　俺の攻撃一発で倒れるようなやつだろうがよぉ？」

強さって……そういうことだけなの？

魔法や武術を鍛えることは確かに強さに繋がるだろう。

こいつは強いし、私が倒せるかわからない。

でも……。

「あなたなんか……レオン先輩の足元にも及ばない」

「あぁ？　今なんつった？　俺があの無駄死に野郎よりも弱ぇーつったのか？」

「そう、強さっていうのは魔法や武術の強さだけじゃない……先輩はずっと心が強かった……」

そうだ。先輩はいつも優しくて、みんなのことを考えて、誰も敵わなくても全然偉ぶらなくて、こんなやつなんかよりもかっこよくて、みんな先輩を頼ってて……。

強い人っていうのは、力を他の人のために使ってあげられる、レオン先輩のような人のことを言うんだ……。

「心だぁ？　はっはっはぁ！　これは傑作だぜ！　心が強けりゃ負けねぇってか！　強ぇーやつってのは他を寄せつけず、圧倒し、勝つためになんでもできるやつのことを言うんだよ！」

グレゴワルは大笑いして私に言うが、私はそんな彼を睨む。

「違う。レオン先輩は私を庇って、あなたの槍を受けたの……他人を傷つけて笑うだけのあなたなんかと違って、レオン先輩の方がずっとずっと強い人だよ！」

「……やっぱさっきの話はなしだ。てめーもさっきのやつも、心の強さなんてほざく甘ちゃんはリベリオンにはいらねぇ……今すぐあの世へ送ってやるよ！」

槍を構えたグレゴワルが攻撃してくる……そう思った瞬間だった。

グレゴワルの背後に人影が見えた。

「誰をどこに送るって？」

「な……んだと⁉」

いつの間にか、グレゴワルの動きがスローになっていた。

この魔法は――

「レオン先輩⁉」

私は驚いて叫んだ。

グレゴワルの後ろに立っていたのは、さっきまで血を流して倒れていたレオン先輩だったからだ。

「てめぇ！　なんで動いていられる⁉　俺の槍は確かにてめぇを……」

そうだ、レオン先輩はお腹を槍で貫かれていた。

それなのに……。

「ん？　あぁ、確かにお腹を刺されたね。痛かったよ。でも、特殊魔法で時間を操れば、貫かれた箇所を治すのは簡単さ」

なぁ⁉　そ、そんなことできるの⁉

「馬鹿な！　特殊魔法の時間逆行を部分的に起こすことは不可能のはずだ！」

確かに、ネルの本で読んだことがある。特殊魔法の時間の巻き戻しや早送りを、体の一部分のみに起こすことは不可能だと。

私もよくわからなかったからネルに教えてもらったけど、一つの物体の中で違う時間の流れの部分ができるのは、この世界の法則に反するとかで、時間を操る特殊魔法は必ず対象全体にかけなければならないらしい。

でも、時間逆行の魔法自体、記憶などを巻き戻してしまうリスクがあるから、やる人はいないって聞いていたけど……。

レオン先輩の様子を見ると、記憶の混乱は起きてなさそうだ。

「頭悪そうなのに、難しいことを知ってるんだな。教えてあげるよ。王都で牢屋に閉じ込められた時の暇潰しにでもね！　ネル流武術スキル・【反陽ノ型《はんようのかた》・弧守怜日《こもれび》】」

何その技⁉　私、そんなの教えた覚えはないんだけど⁉

レオン先輩が首に攻撃を当てると、グレゴワルの体からガクッと力が抜けて、地面に倒れた。

「やぁ、サキ。倒せてよかったよ。怪我はないかい？」

そう言って、いつもの笑顔で私に近づいてくるレオン先輩。

なんかもう……はぁ。さっきまでの必死な自分はなんだったのか……。

私の気持ちを知ってか知らずか、レオン先輩はニコニコ顔だ。

私は改めて目の前にいるレオン先輩の顔を見つめる。

本物の先輩だとは思うけど、あんなふうにお腹を貫かれたところを見てしまうと、ピンピンしているのが信じがたい。

「ほんとにレオン先輩ですか……？」

「ん？　サキ、僕がわからないのかい？　命懸けで後輩を守ったというのに、まさかもう忘れられるなんて……過去の英雄ってこういう気分なんだね」

うん、人の心配なんて気にもかけないこのもの言い……レオン先輩ご本人です。

その泣き真似やめて！　ちょっと下手なのが余計に腹立つ！

私はちょっとイラッとしながらも、レオン先輩が刺されたお腹をぺたぺたと触る。

「大丈夫なんですか……？」

「まあ、ちょっと痛みはあるけど、動く分には問題ないさ」

「そうですか」

私は思わずレオン先輩に抱きつく。

本当によかった……もう、私の目の前で大切な人が死んじゃうのは見たくなかったから……。

自然と抱きつく力が強くなる。

「レオン先輩が死んじゃったらどうしようって……怖かったです。刺された時も、私の胸が貫かれたように苦しかったです。本当に……よかったです……」

「サキ……あんまり強くすると、傷口が開くかもしれないよ？」

この人は本当に、こっちの気も知らないでそんなことを言う。

でも、レオン先輩は優しく私の頭を撫でてくれた。この人なりの照れ隠しかな……。

「はぁーい。いいわね、学生時代のお熱い関係！　お姉さん、羨ましくてこの巨体に八つ当たりしたくなっちゃう！」

グレゴワルが倒れた方から突然声が聞こえ、慌ててそちらを見る。すると、横たわるグレゴワルを爪先で軽くつつくミシュリーヌがいた。

「サキちゃんたら、おませさん。アルベルト家にいて、ブルーム家の娘と親友の癖に、今度はクロード家にまで手を出すなんて……」

「ミシュリーヌ！」

私は思わず身構えた。

しかし、ミシュリーヌはそんな私の様子など気にもとめない。

「それにしても、まさかグレゴを倒せるくらいになってるなんて……子供の成長は早いものね。これはお姉さんもうかうかしてられないわ」

そう言ってケラケラと笑うミシュリーヌ。

「今回は何をするつもり……？」

私は警戒しながらミシュリーヌに尋ねた。彼女は笑うのをやめて答える。

「まあ、私たちの計画のために必要な実験……ってところかしら。新しい技術や魔法なんかを試さなきゃいけないんだけど、被験者って実はなかなかいないのよぉ。それで、そろそろこの代表戦の時期だなぁって思い出したから、優秀な生徒たちにやってもらいたくって」

そうなると、やはりあの首飾りを仕込んだのはミシュリーヌか……。

「その様子じゃ、なんのことかはわかっているみたいだね。まあ、本当は五人くらい魔法にかかってほしかったんだけど、まさか三人とはねぇ。実験のデータとしては申し分ないからいいけど。それじゃあ、そろそろ時間だから帰るね。私はこの人を回収に来ただけだから」

「逃げられると思ってるのかな？」

私の後ろにいるレオン先輩が、ミシュリーヌを睨みつける。

「ふふふ……言うじゃない、クロードの次男坊。でも、逆に聞くわ。私を捕らえられると思ってるのかしら？」

「どういう意味だ」

「実は私が仕込んだのは首飾りだけじゃないわ。あなたたちが戦っていたこの場所、本当にバウアの中だと思う？」

「何⁉」

レオン先輩が驚きの声を上げる。私たちはバウアの魔法学園の体育館から、空間魔法で飛ばされた。ここは当然、代表戦の運営が用意したバウアの中にあるフィールドだと思っていたけど……。

ミシュリーヌが答えを告げる。

「ここは、私がデータを取る時に邪魔が入らないように作った別の場所よ。よくできてるでしょう？　つまり、この空間の支配権はほとんど私が握ってるのよ。そもそも学園が用意した場所だと、首飾りが発動した時点で異常事態として大人たちが止めに来るでしょうし。あ、安心してよ。この空間、維持するのも大変でさ、後一分くらいで強制的に全員が学園に戻るから。それじゃほんとに時間だから帰るわね」

それから、と言ってミシュリーヌは続ける。

「このグレゴなんだけど、こいつ調子に乗って最初に大きな土の壁を作ったの。あなたたちと戦った時にはすでに、かなり魔力を消耗していたわけ。だから、今日の彼が本気だったなんて思わない方がいいわよ？　全力のこいつは止めるだけでひと苦労なんだから。これはお姉さんからの忠告だぞっ☆」

ミシュリーヌがそう言ってウィンクした瞬間、周囲の景色が変わり、私たちはいつの間にかバウアの学園の体育館に立っていた。

先生や救護の人が慌てて私たちのもとに駆け寄ってくる。

その後、すぐに手当てと事情説明をすることになった。


代表戦の後、一連の事件の調査があったらしい。

それによると、私たちが最初に飛ばされた空間魔法の行き先が、ミシュリーヌによって変えられていたようだった。

彼女は痕跡を残さないようにしつつ、自ら作った異空間に空間魔法の出口を繋げていた。

また、通常であれば私たちは、体育館内にドーム状に張られた強力なバリア内で代表戦を行い、観客席では選手が戦っている様子を見ることができる。しかし、ミシュリーヌはわざわざ異空間内の映像をそのバリアに投影して代表戦がつつがなく始まっていると見せかけ、教師陣の対応を遅らせていたのだ。

バウアの学園長先生からは、もろもろの対応の粗《あら》さについて謝罪を受けたが、一番の負傷者のレオン先輩は快くそれを受け入れた。

ただ、レオン先輩は一つだけお願い……というか提案をして、学園側はそれに全面的に協力してくれた。

そして、代表戦から三日後――

「絶対負けませんからね！　私の闇魔法でロイ先輩なんてけちょんけちょんにしてやるんですから！」

「おーおーやってみやがれ、この攻撃力ゼロ子ちゃんがよぉ！」

「し、試合前から喧嘩しないでくださいよぉ～！」

バチバチと火花を散らすロイさんとリンダさんに、それを止めようとするノエルちゃん。

ちなみに、ノエルちゃんとは手当ての時に同じ病室になって、仲良くなった。

お互いチームで一番年下の身で苦労があるせいか、話が弾んだのだ。

私たちはレオン先輩に言われて、再びバウアの学園の体育館に来ていた。

レオン先輩が学園側に行った提案というのは、主に私たちの再戦についてなのだが、今度はエルト対バウアではなく、両校の選手を混ぜたチーム同士で行うエキシビジョンマッチになった。

お互い不完全燃焼だった選手一同は、喜んで賛成した。

「ふっ……こんなに早く君と再戦できるなんてね……天は私に味方していたようだな！」

「何が天は味方してるだよ、ジェルノ！　そういうのは、試合でもっかい俺に勝ってから言いやがれ！　ばーか！」

「ラロックさん、口が悪いですよ。まったくもう……前の試合ではあんなにかっこよかったのに……」

リリア先輩がぼやいた。

ジェルノさんは代表戦でラロック先輩に負けてしまったから、再戦に燃えているようだ。

それにしてもジェルノさん、元気だなぁ。レオン先輩の次にひどい怪我をしていたらしいのに……主に首飾りを奪おうとしたロイさんとリンダさんの攻撃で。

まあ、今こんなに元気なら大丈夫なんだろうけど。

それに、ラロック先輩とリリア先輩も元気そうでよかった。

でも、リリア先輩のラロック先輩への接し方が変わってる気がするんだよね……隙あらば近寄っていってるような……。

うん、これは何かあったたね。後でリリア先輩に聞いてみようっと。

「みんな楽しそうでよかったよ。サキも楽しみだろう？」

声をかけられて振り向くと、レオン先輩がいつもの笑顔で私を見ていた。

私も微笑んで頷く。

「はい。でも、私はレオン先輩とも戦いたかったです……」

「ふふ……エルトに戻ったら、また一緒に特訓しようよ」

「……はい」

ちなみにレオン先輩がお腹を貫かれた時、彼は自分のお腹の一部に特殊魔法をかけたって言ったけど、それは時間逆行……巻き戻しの魔法ではなかった。

レオン先輩は特訓の時に話した私の仮説をヒントに、自分の治癒力へ早送りの魔法をかけていたのだ。

その仮説は、回復薬は呑んだ人の力を使って、治る速度を速めているというもの。

まあ、それにしたって人間の治癒力に魔法をかけるって、あんまり想像つかないけど……。

つまり、レオン先輩は、回復薬がなくても回復薬と同じ効果を得られる魔法を覚えた、ということだ。

……やっぱりレオン先輩はおかしい。

でも、そのおかしい先輩の才能のおかげで、こうして笑っていられるのだから、よしとしよう。

「特訓の前にこの試合を楽しまないとね？　サキ」

「そうですね……レオン先輩」

横にいるレオン先輩から感じられる魔力は、心なしか楽しそうに沸き立っている気がする。

そのオーラを感じてか、全員がバッとこちらを向いた。

ふふふ……私も楽しみだ。観客も含めて、もうみんな私の実力をある程度知っているんだし、手加減なんていらないよね？

この後、学園長の挨拶があって、レオン先輩、ジェルノさん、リンダさん、私のチーム対、ロイさん、ラロック先輩、リリア先輩、ノエルちゃんチームのエキシビジョンマッチが開始した。

試合は大いに盛り上がって、教師の間でも、今後はこういった試合もいいかもしれないという話になったんだとか。

こうして、私たちの代表戦は幕を閉じたのだった。

◆

「……以上が、学芸都市バウアで起きた事件です」

僕、フレルは現在、王城内にある王室──国王陛下の部屋に来ていた。

今回のバウアの一件にリベリオンが絡んでいたため、サキやフラン、レオンからの情報をまとめて、国王陛下に報告に来たのだ。

「……フレル、この一件を解決したのは、お前のところの例の子供か？」

「そうですね。サキとクロード家のレオンが、リベリオンと交戦したと聞いています」

国王陛下は頷いた。

「そうか……そのサキというのはいったい何者だ？　レオンはともかく、相手はリベリオンに寝返ったあのグレゴワルだぞ？　さっきの報告を聞く限り、お前の子供はやつと魔法を撃ち合って互角だったらしいじゃないか」

グレゴワルは昔、ミシュリーヌと同じタイミングで王都エルトから行方不明になった、僕らの先輩に当たる人だ。

土魔法をあれほど激しく、かつ強力に操れる人はいなかった。それこそ、国王陛下の記憶に残るくらいに。

ミシュリーヌとも仲がよかったが、まさかリベリオンで一緒にいたとはね……。

「まあ、あの子はあの子で規格外ですからね」

僕が苦笑いしながら言うと、国王陛下はいきなり態度を崩し、玉座でぐでぇっともたれる。

「あーあ……俺も会いてーなー……」

この人の王としての才は目を見張るものがあるが、親しい人間しかいない時は、いつもこんな感じになってしまうのが玉《たま》に瑕《きず》。

まあ、それが人望を集める要因になっているようにも感じるが……。

「ダメですよ。一国の王が興味本位に貴族でもない人間に会いに行くなんて。また政治がらみで面倒になります」

「わかってるよ。だいたい、なんでまだ養子にしてねーんだよ」

「しょうがないでしょう。僕にも立場ってものがありますから」

「そうは言ってもよぉ……」

国王陛下は座り直して、手を口に当てながら何かを考え出した。

「フレル、お前確か、もうすぐ公爵家当主の引継ぎ式だったたな」

「え？　ええ、来月ですが」

「気をつけておけよ。本人の意思はある程度固まっているとはいえ、そのサキに手を出す輩《やから》がいないとも限らねぇからな」

「まさか、公爵家と関わりがあるとはいえ、一般人に手を出すなんて」

「お前だってわかってるはずだぜ」

国王陛下が椅子から立ち上がり、僕の前に立った。

「国内の貴族共がサキの情報を集めてる。現在、多くの侯爵家は今一つ空席がある公爵の座を狙ってやがるからな。巻き込まれないように早々に手を打つべきだ」

「それは……」

そうだ。これまでのサキの働きは、少しずつではあるが世に広まりつつあった。

それが今回の一件で、多くの貴族や一般人にサキの実力や顔が知れ渡ってしまった。

魔法の才のある子を貴族の養子にし、手柄を立てさせ爵位を上げる。

サキはもう国家反逆組織の幹部と互角……いや、まだまだ成長の余地があるのなら、それ以上の存在になる。今の侯爵家はどこも実力は同じくらい。ここでサキを養子に取れば、ほぼ確実に公爵家への道が開けるのだ。

政治的策略によって子供をいいように扱うなんていうのは、絶対に許せない。

あの子はやっと、普通の子供みたいに笑うようになってきたのに……。

「ま、今から慌てたってしょうがねぇことだけどな。お前が注意してりゃいいだけの話だ」

私は国王陛下に答える。

「言われなくてもわかってますよ……あの子はもう僕の娘です。どこぞの侯爵家になんて渡しません」

「まあ、お前のことだから大丈夫だと思うけどな。だがフレル、一つ言っておくぞ。子供の意思を尊重するのは大切だ。だが、子供の意思っつうのは、大人の手で簡単に捻じ曲がっちまうし、曲げられちまう。そうなる前に守ってやるのも、また大人の役目だぞ」

「…………」

国王陛下は僕の胸をとんと叩いて、部屋を出ていこうとする。

僕はそんな国王陛下の腕をつかんだ。

「何かっこいいこと言って逃げようとしてるんですか。まだ書類の確認、終わっていないでしょう？」

「……ちっ」

国王陛下は舌打ちをして椅子に戻った。

まったくこの人は、考えているのかいないのか……。

しばらくして、僕は確認の終わった書類を持って、王室を後にした。

しかし王室を出た後も、国王陛下の言葉は、ずっと僕の頭に張りついたままだった。

月が導く異世界道中
Tsukiga Michibiku Isekai Dochu
あずみ圭
Azumi Kei
1～15
8.5
シリーズ累計
140万部の
超人気作！
（電子含む）
2021年
TVアニメ化！

●ISBN 978-4-434-28668-1 ●定価：本体1200円＋税 ●Illustration：万冬しま

●ISBN 978-4-434-28658-2 ●定価:本体1200円+税 ●Illustration:ふらすこ

異世界生活大満喫ファンタジー、待望の書籍化!

日本人の少年は命を落とし、異世界で貴族の次男ゼルート・ゲインルートとして転生する。前世の記憶を保持する彼は、将来は家を出て、気ままな冒険者になろうと考えていた。冒険者になれるのは12歳から。そこでゼルートは、それまでの間に可能な限りレベルとスキルを上げることを決意する。強くなればなるだけ、この異世界での冒険者生活を自由に楽しく満喫できるはずだからだ。しかもその助けになるかのように、転生の際に、神様から様々なチートスキルを貰っており——

●ISBN 978-4-434-28660-5 ●定価:本体1200円+税 ●Illustration:みことあけみ

この作品に対する皆様のご意見・ご感想をお待ちしております。
おハガキ・お手紙は以下の宛先にお送りください。

【宛先】
〒150-6008 東京都渋谷区恵比寿4-20-3 恵比寿ｶﾞｰﾃﾞﾝﾌﾟﾚｲｽﾀﾜｰ 8F
（株）アルファポリス　書籍感想係

メールフォームでのご意見・ご感想は右のＱＲコードから、
あるいは以下のワードで検索をかけてください。

アルファポリス　書籍の感想　検索

ご感想はこちらから

本書はWebサイト「アルファポリス」（https://www.alphapolis.co.jp/）に投稿されたものを、改題、改稿、加筆のうえ、書籍化したものです。

前世《ぜんせ》で辛《つら》い思《おも》いをしたので、神様《かみさま》が謝罪《しゃざい》に来《き》ました2

初昔　茶ノ介（はつむかし　ちゃのすけ）

2021年3月31日初版発行

編集－今井太一・宮本剛・芦田尚
編集長－太田鉄平
発行者－梶本雄介
発行所－株式会社アルファポリス
〒150-6008 東京都渋谷区恵比寿4-20-3 恵比寿ｶﾞｰﾃﾞﾝﾌﾟﾚｲｽﾀﾜｰ8F
TEL 03-6277-1601（営業）　03-6277-1602（編集）
URL https://www.alphapolis.co.jp/
発売元－株式会社星雲社（共同出版社・流通責任出版社）
〒112-0005東京都文京区水道1-3-30
TEL 03-3868-3275
装丁・本文イラスト－花染なぎさ
装丁デザイン－AFTERGLOW
印刷－図書印刷株式会社

価格はカバーに表示されてあります。
落丁乱丁の場合はアルファポリスまでご連絡ください。
送料は小社負担でお取り替えします。

ISBN978-4-434-28555-4　C0093